書下ろし

時代小説

恋椿

橋廻り同心・平七郎控

藤原緋沙子

祥伝社文庫

目次

第一話　桜散る

一

薄闇に真白い淡雪が散ったのは昨夕のこと、それが夜半過ぎには冷たい雨となり、その雨も今朝《けさ》になってぴたりと止んだが、春とは思えぬ冷たい空気が、まだ大地を覆《おお》っていた。

北町奉行所定橋掛《じょうばしがかり》、通称橋廻りと呼ばれている同心立花平七郎《たちばなへいしちろう》は、雨上がりの春霞《がすみ》の中に花鳥《はなどり》たちのさえずりを捉《とら》えながら、東堀留《ひがしほりどめ》に架かる『親父橋《おやじ》』の点検に当たってい
た。

平七郎の父親は、生前『大鷹』の異名をとった凄腕の同心だった。平七郎もかつて定町廻りだった頃、『黒鷹』と呼ばれた俊才の人で、若手ではもっとも将来を嘱望された人物だったが、あろうことか今は橋廻り同心である。

一見するに、長身で飄々《ひょうひょう》とした風情ながら、ふとした折に投げる視線には、黒鷹と呼ばれた頃の片鱗がうかがえる。

それに腕も立つ。平七郎は北辰一刀流、師範代の格を持つ剣客《けんかく》である。

その平七郎が定服としての黒の紋付羽織、白衣（着流し）に帯刀というご存じ同心姿に

かわりはないが、今手にあるのは十手《じって》ではなく、コカナヅチ大の木槌《きづち》であった。

長さ八寸（約二四センチ）あまりの指の太さほどの柄も、直径一寸（約三センチ）ほどの円筒形の頭部もすべて、樫《かし》の木で出来ている小さな木槌だが、これで橋桁《はしげた》や橋の欄干《らんかん》、床板を叩《たた》いて橋の傷み具合を確かめるのが橋廻りの第一の仕事であった。

第二は、橋の通行の規制や橋袂《たもと》の広場に不許可の荷物や小屋掛けの違反者はいないか等、高積見廻り方同心に似たお役目も担っていた。

むろん、橋下を流れる川の整備も定橋掛のお役目であった。

同心の花形である定町廻りが綺麗《きれい》な房のある十手をひけらかして、雪駄《せった》を鳴らし、町を見回るのに比べると、こちらの仕事はいかにも地味で、木槌を手にして町を歩くのは、あまり格好のいいものではない。

何を隠そうこのお役目は、奉行所内でも閑職とされ、定員は与力一騎に同心二名、一度この定橋掛に配置されたら、そこから抜け出すのは容易ではないというのが通例だった。

いわば同心職の墓場であり、平七郎たちがお役に就くまでは、耄碌《もうろく》した老人同心とか、問題を抱えたお役御免寸前の同心が務めていた。

訳あって、立花平七郎も木槌を持つようになってすでに三年が過ぎているが、近頃では三十俵二人扶持《ぶち》さえ貰《もら》えれば、世間の見る目などはどうでもいいではないかなどと、半《なか》ば諦《あきら》めの境地にあった。

もっとも、定員二名のうちのもう一人、同僚の平塚秀太《ひらつかしゅうた》は年も若く仕事熱心だった。たった今も木槌を近くで使っていたのだが、橋に異常を見つけたとみえ、親父橋の西方にある堀江《ほりえ》町の町役人、草履《ぞうり》問屋の大坂屋文六《おおさかやぶんろく》を呼びにいったところであった。

橋の管理は、橋の両脇に住まいする者たちに負わされている。それで秀太は大坂屋に走ったのである。

平七郎は一人になって、手持ちぶさたになると、辺りを見渡しながら、

――花冷えだな。

と呟いた。しかしこれで、咲き始めて一旦萎縮していた桜の花も満開になる。今年こそ桜を愛《め》でながら存分に酒でも飲みたいものだなどと、あれやこれやと考えを巡らせて、橋の欄干を手の向くまま木槌で打って回っていると、

「あら……お役人様、ご苦労様でございます」

親父橋の東に広がる芳《よし》町の陰間《かげま》茶屋の住人の八十吉《やそきち》が、腰を振りながらからころと下駄の音を立てて近づいて来た。

目尻には追従《ついしょう》笑いを浮かべているが、その言葉とはうらはらに、頰《ほほ》に憐憫《れんびん》とも蔑《さげす》みともつかぬ表情を見せ、平七郎の手にある木槌にちらっと視線を投げて来る。

「うむ……雨上がりだ。足元に気をつけろ」

言いながら平七郎は、すーっと木槌を懐《ふところ》に入れる。

遊びごとのように見えても、ちゃんとした職務についている訳で、その道具である木槌を隠すことはない。だが、八十吉は平七郎たちの姿を橋の上に見かけると、近寄って来て余計な愛想を言うものだから、どちらかというと、あんまり顔を合わせたくない人物だった。

それでも役目だから、注意は与える。

江戸の市民の一人が、雨上がりの道で転んで怪我《けが》でもしかねないのを防ぐため、これて、立派なお役目というものだ。

すると八十吉が、

「うふふ」

粘っこい笑みを送って来た。

「何がおかしい」

平七郎がむっとすると、

「だってさ、こんなにいい男がさ、昼日中に子供の玩具《おもちゃ》のようなものを持って、しかめ面《つら》して橋を叩いているなんて……」

片目をつぶって、にやりと笑う。

おかまの八十吉にからかわれては同心も形無しだと、

「ごほん」

平七郎は咳《せ》き込んだ。

「あら、風邪《かぜ》でもひいちゃったのかしら……春先の風邪はタチが良くないっていうから、気をつけてね」

八十吉は、手をひらひらさせながら、橋の西側に降りて行った。

「まったく……」

くるりと背を向けようとしたその時、

「こっちだ。大坂屋」

平塚秀太の厳しい声がして、秀太が大坂屋を従えて橋を渡って来た。

「ここを見てみろ。橋の真ん中に草が生えてきているぞ」

秀太は、懐から木槌を出すとそこにしゃがんで、指し示したあたりを、こんこんと叩いてみせた。

「ほら……こことここと……そしてここと、音が違うだろうが……今日は雨上がりで土埃《つちぼこり》も流れてしまったようだが、普段から掃除をきちんとせねば、床板の目地に埃が溜《た》まって、それが、やがて板を腐らせてしまうのだぞ」

「申し訳ございません。橋掃除の爺《じい》さんが病《やまい》について久しいものですから」

大坂屋は、ひたすら頭を下げる。

「だったら、他の者にやらせろ」

秀太は厳しく言うと、更に慎重に床を叩いて聞き耳を立て、太い溜め息をついた。

「この分なら張り替えが必要かもしれぬな」

懐から帳面を出す。

秀太は、なんでもかんでも帳面につけるのが趣味のような男である。人の記憶より自身が書いた日誌を、金科玉条のごとく信じている。

お役目がら理に適《かな》っているとはいえ、少々度が過ぎるのではないかと平七郎は思っているが、余計な口出しをすれば、面倒臭い日誌を自分がつけなくてはならなくなるために黙っている。

はたして秀太は、帳面を捲《めく》っていた手を止めると、素早く文字に目を走らせて、

「しかし大坂屋、この橋の板は、俺の控えによれば二年前に替えたばかりだな……これほど管理が悪いとなると、こたびの修理の費用はそちらで持ってもらうことになるぞ」

「お役人様、それは困ります」

「困るのはこっちなんだよ。俺たちが管理している江戸の橋がいくつあるのか、お前は知

っているだろう……ん」

「はい。おおよそ百と二、三十ほどかと」

「百、二十五」

「はい」

「橋はここだけではない。だから、管理の悪い橋の費用までは持てぬ……というお上からのお達しだ」

「お待ちくださいませ、お役人様。確かに二年前に橋板の修理を致しましたが、直したのはここではなくて、東の袂から三間ほどのところでございました……はい」

「まてまて、この橋は全長十一間三尺（約二一メートル）」

「はい、幅は三間三尺（約六メートル）」

「分かっておる」

「申し訳ありません」

「いや、この帳面では、直したのは東の端から五間の所とある。すると、あの辺りではないか。嘘《うそ》をつくとためにならぬぞ」

ぐいと大坂屋を睨《にら》み据えた。

そして、それからぐちぐちと小言が始まるのが秀太の癖だった。

「そもそもこの親父橋とは、なんぞや……どんな思いが込められて架けられたのか、存じておるのか」

「はい。その昔、この江戸に幕府が開かれた時、京からやって来た商人庄司甚右衛門《しょうじじんえもん》というお人が、吉原《よしわら》の遊廓をここに造られたようですが、その頃に架けられた橋だと聞いております」

「そうだ。遠い先人の血と汗の賜物《たまもの》だ。ないがしろにしていい訳がない」

「おっしゃるとおりで」

「では、なんで親父橋なのだ。なぜそのように呼ぶようになった？」

「よくは存じませんが……みな、この橋を重宝しております。はい」

「いいか、親父橋とは……庄司甚右衛門が『親父、親父』と慕《した》われたほどの人物だったゆえ、その親父という愛称をとって、この橋の名前となったのだ」

「さようでございましたか。お若いのによくお調べで」

「感心している場合ではないぞ」

　秀太は仕事熱心なのはいいが、もとは深川《ふかがわ》の材木商『相模屋《さがみ》』の三男坊で、商《あきな》いより同心になって捕物をしてみたいと親にねだり、同心株を買って侍になった男で、しかも年齢は二十三歳、勢い役人風を吹かせたくなるらしく、いわばそれが玉に瑕《きず》で、側《そば》で見ている平七郎はいつも頃合を見て口を出す。

「秀太、もういいではないか。許してやれ」

「立花さん、そんな甘いことを……もしもの時は、あなたが責任とってくれますか。それなら私はいいんですけど」

秀太は横槍《よこやり》を入れられて、頰《ほお》を膨《ふく》らます。

「分かった分かった。俺に任せておけ。そういうことだ大坂屋。どういう処置になるか分からんが、町費に負担のないように定請負《じょううけおい》の御用達《ごようたし》に交渉してみよう。だが、今後はよく管理をいたせ」

「ありがとうございます。それではよろしくお願い致します」

平七郎は二十八歳、年長らしく懐の深いところを見せながら、引導を渡すのであった。

大坂屋は深々と腰を折ると、

「些少《さしょう》ではございますが」

素早く平七郎の袂に、懐紙に包んだ小金を落とす。

「うむ。とりあえず、ここの草を抜いておけ」

「はい、早速私の店の者に致させますです、はい」

「それから、橋桁にずいぶん木切れやごみがひっかかっているようだが、それも今すぐに片づけろ、よいな」

大坂屋は、平七郎の注意に大きく頷《うなず》くと、そそくさと離れて行った。

「おっ、二分か。一人一分だな」

平七郎は早速懐紙を開くと、中に入っていた一分金二枚のうち、その一枚を秀太の手を取って、その 掌《てのひら》に握らせる。

「いいんですかね、こんなことして」

秀太は渋々だが懐にしまい込む。そして最後に言う台詞《せりふ》が決まっている。

「私は立花さんと違いますから……立花さんは一生、この橋掛の仕事をするつもりのようでございますが、私は一刻も早くこのお役から逃れたい一心で働いております。どこから突っつかれても失態のないように、それが私の信念ですから」

「分かっている。耳にタコができるほど聞いておるぞ」

平七郎が苦笑した時、真《ま》っ青《さお》な顔をして大坂屋が引き返して来た。

「た、たいへんでございます。し、死人《しびと》です」

大坂屋は、あわあわ言いながら、橋桁を指す。

「何、死人だと」

平七郎と秀太は、橋の欄干から下を覗《のぞ》き、すぐに橋袂に走り、そこから川べりに下りた。

「土左衛門《どざえもん》です。橋桁のごみの中です……そ、その右です。白い手が……」

橋の上から大坂屋がわめく。

なるほど大坂屋の指差す辺りの木切れの中に、白い手首が突き出していた。

「立花さん」

「秀太、番屋に走れ」

「はい」

「それで……遺体を引き上げて番屋に運んで検死をした、そういうことだな」

上役の大村虎之助《おおむらとらのすけ》は、しょぼしょぼした眼で、立花平七郎を、そして平塚秀太をじっと見た。

虎之助とは、なかなか勇ましい名前だが、年は六十を越えている老人である。

三度目に貰った妻がようやく産んだ跡取り息子もまだ十歳という年少のため、老骨にむち打って出仕を続けているのである。

だからお役も一番暇《ひま》な定橋掛で、担当与力は虎之助が一人、その配下が平七郎と秀太という訳で、当然与力としても閑職だった。

したがって定橋掛の詰所というのは、奉行所でも廊下の突き当たりの、納戸《なんど》の隣の小部屋であった。

虎之助は日がな一日その部屋で、鼻毛を抜いたり爪《つめ》を切ったりして配下の報告を待っている。

だが、その報告書も通常は五のつく日と決まっているから、他の日は本を読んだり居眠りをして過ごしているらしい。

奉行所内では、同僚たちからもまだ隠居しないのかというような露骨な視線を送られることもしばしばあるようだが、虎之助はわれ関せずと涼しい顔で座っている。

虎之助は、めったに険《けわ》しい顔などすることはないのである。

ところが今日は、いささか表情に厳しさが宿っていた。

左手の上に開いているのは、秀太がつけている日誌だが、その記述の内容と、虎之助自身が定町廻りから受けた苦情の内容とを、頭の中で照合しているようだった。

「大村様。定町廻りはなんと申しておるのですか」

秀太が気色《けしき》ばんで膝《ひざ》を乗り出す。

「ふむ。向こうは、そなたたちが定町廻りに余計な首を突っ込んで来た。橋廻りは、木槌で橋を叩いていればいいのだと……まあそういうことだ」

「よくもよくも、咎《とが》められるべきは向こうですよ、ねえ、立花さん」

秀太は、怒りの顔を平七郎に向けて来た。

「うむ」

平七郎も相槌《あいづち》を打ち、話を継いだ。

「俺たちは、橋の下の死体を引き上げて番屋に運んだ……奉行所の役人として当然のことをしたまでです」

「ふむ」

虎之助は、まっすぐ平七郎を見詰めて来た。

平七郎は、老人の虎之助にも理解できるように、耳元に寄り、ゆっくりと説明した。

「遺体は、若い町家の女でした。定町廻りを町役人が呼びに行ったのですが、すぐには参らず、我々も引き揚げかねていたところ、番屋に駆け込んで来た女房が、もしやこの女は同じ裏店《うらだな》に住む、おみつさんではないか、確かめさせてほしいと言ってきたのですよ」

女房は、名をおかねと名乗った。

それで平七郎が土間に呼び入れて、

「おみつだと？……よし、確かめてみろ」

遺体に被《かぶ》せてあった菰《こも》の頭の辺りをめくって見せた。

「おみっ、おみっちゃん！……可哀そうに……こんな姿になっちまって……」

おかねは、前だれで涙を拭《ぬぐ》っていたが、

「旦那、おみっちゃんは誤って堀におっこちたのでしょうか……それとも、もしや、殺されたのでは」

おそるおそる聞いて来た。

「ふむ……」

平七郎は滅多に表に出さない、普段は懐深くしまっている十手を引き抜いて菰をすべてとっぱらうと、ざっとおみつの体を眺めて見た。

三年前まで平七郎は定町廻りの腕利《き》きの同心だといわれていた。目の前に遺体が転がっているのを見れば、つい昔の血も騒ぎ、放ってはおけなかった。

「水を飲んでいる様子はないし、これは、殺しかもしれぬな」

平七郎は、おみつの首筋に締められた痕《あと》を見ていたが、おかねにそこまで言うのもどうかと考えた。だが、自殺や誤って堀に落ちたのではないことだけは伝えてやった。

「やっぱり……」

おかねは青い顔をして呟《つぶや》いた。

「やっぱりとは、何か心当たりでもあるのか」

「おみっちゃんはこの掘割北詰にある新材木町《しんざいもく》の小料理屋『水月《すいげつ》』の仲居をしていたんです。いい人が出来たとか言っていたんですが、近頃ではその男に騙《だま》されたとかなんとか言って嘆いていたんです」

「その男の名は？」

平七郎がおかねに、より詳しく聞き始めたところに、定町廻りの同心亀井市之進《かめいいちのしん》と、工藤豊次郎《くどうとよじろう》が飛び込んで来た。

「ややっ」

平七郎のかつての同僚たちだった。

しかし、二人は冷ややかな眼で平七郎と秀太を一瞥《いちべつ》すると、

「何をしてるんだ、おぬしたちは」

遺体はそっちのけで、引き抜いた十手でこちらを差した。

「この遺体は、そこの親父橋の橋桁にひっかかっていたんですよ。あなたたちが来るのを待っていたんじゃないですか」

秀太は、むっとして言い返した。

「なるほど……いや、ご苦労でした。後は任せてくれ。おぬしたちは木槌で橋を叩くのが仕事、さあ、帰った帰った」

亀井市之進は、手をひらひらさせて追っ払う。

「亀井さん、一つだけ……どうやら、この者は殺されたようだ。よく調べてやってくれ」

平七郎が、きりきりと唇を噛《か》んで悔《くや》しがっている秀太を押し退けて、亀井に告げた。

「ふん。平さんよう、あんたはもう定町廻りじゃねえんだぜ。首突っ込むのは止めるんだな」

頭ごなしに言って来た。

さすがの平七郎も、きっと見詰めて、

「俺をとやかく言うのはいい。しかしこの遺体の主、おみつの無念を晴らしてやってくれ……と、俺は言っている」

「ふ……ふふ」

亀井は工藤と見合わせて冷笑を浮かべると、

「それは、これからの俺たちの判断次第というものだ。とにかく、橋廻りの出る幕じゃねえ。帰ってくんな」

亀井は、平七郎と秀太を番屋から追い出したのであった。

「大村様、そういうことです」

平七郎はそこで話を切ると、黙然として報告を聞いている虎之助の顔を見た。

「相わかった。そんなことだろうと思っていた」

「大村様。抗議したいのはこっちです」

秀太が言った。

「いや……言わせておくのだ。放っておけ」

「ですが、それではあんまりではないですか。どうして、定橋掛はそんなに卑屈にならなきゃいけないんですか」

「見ざる、聞かざる、言わざるだ……」

「大村様」

「捕物は定町廻りに任せておけばよい。こっちは橋だけ見てればいいのだ。別に、卑屈になっている訳でもなんでもない。己の仕事を黙々とこなす。それでいい……」

ご苦労だった、もう帰ってもいいぞと言われて、二人は詰所を出て来たのだが、秀太は廊下に出るや、その場ですぐさま、本日の屈辱を日誌に書き記す。

「秀太……」

——呼びかけても聞こえぬな。

高ぶる感情を押さえ切れぬのか、秀太は返答もせずに廊下に蹲《うずくま》って筆を走らせている。

平七郎は秀太を置いて玄関に向かった。

すると、向こうから配下の同心を従えた与力の一色弥一郎《いっしきやいちろう》がやって来た。

一色弥一郎はかつて平七郎が定町廻りで、事件探索の下知《げち》を仰いだ上役だった。

ある事件がきっかけで、その後一色は出世して筆頭与力格になり、一方の平七郎は定町廻りを外されて定橋掛同心となっている。

――一色弥一郎……。

見詰める平七郎に一色は目もくれず、肩で風を切るようにして奥の吟味役与力の詰所に消えた。

二

「これは平七郎様、お久し振りでございやす」

平七郎が、永代橋《えいたい》の西詰にある水茶屋『おふく』の暖簾《のれん》を割ると、店のお抱え船頭だった源治《げんじ》が見迎えた。

源治はもう五十を過ぎて老境に入った男だが、猪牙舟《ちょきぶね》の船頭としては江戸随一、舟の滑りも、漕《こ》ぐ早さも、この人をおいて他にはないといわれたほどの人である。

かつて平七郎が定町廻りの頃、平七郎はこの『おふく』の店を溜まり場とし、いざという時には、源治の猪牙舟で誰よりも逸早《いちはや》く現場に乗り込み、犯人の退路を塞《ふさ》いで捕縛《ほばく》していた。

狙えば必ず捕縛する平七郎のその腕が、当時仲間うちから『黒鷹』と呼ばれていた所以《ゆえん》だが、平七郎が橋廻りになってからは、源治は女将《おかみ》のおふくに断わりをいれ、郷里の川越《かわごえ》に帰っていた。

「元気そうでなによりではないか。この店もお前がいなくては寂《さび》しい限りだと思っていたが、そうか……帰ってきたのか」

平七郎は、懐かしげに言った。

「旦那、ありがとうございやす」

源治は言葉を詰まらせて鼻をすすった。

「平さん、源治さんはね、また、旦那のお手伝いができたらって帰って来たんですよ」

奥から女将のおふくが、顔を出した。

おふくは年齢不詳の女だが、艶《つや》も色もあり、男客はこの女将目当てにやってくるものも結構多いと聞いている。

「無理だな。俺は今は橋廻りだ」

「橋廻りだって舟が必要なことはあるでしょう。いいえ、橋廻りだから、以前にも増して舟が必要じゃないのかしら」

「おいおい、何を言うのかと思ったら」

平七郎は苦笑するが、内心は、舟に乗ってこの江戸を縦横に走り回っていた頃が懐かしい。

「だって、本所深川の橋廻りのお役人は、鯨《くじら》船を使って見回りしてるんですよ。あんな大きな船、どうするんですかね。かえって小回り利かないと思うのに……。だったらですよ、こっちだって猪牙舟ぐらい使ったっていいじゃありませんか」

「そうもいかぬよ。橋廻りには使っていい金などないのだからな」

「まったく、近頃の平さんときたら、借りてきた猫みたいになってしまって、悔しいわね。平さんがさ、猪牙舟に乗って、懐手に前を見据えて、この隅田《すみだ》川をさかのぼって行く姿は、みなさんかっこいいって惚《ほ》れ惚れしてたのに」

「ふむ、いまはしょぼくれた男だと、そう言いたいのだな」

「嫌な人……それだけみんな期待してるんじゃないですか」

「おふく……」

おふくは何も知らないが、それ相応の働きをしないことには、奉行所は舟を使うことに目こぼしはしてくれない。

橋を叩いて歩く橋廻りなんぞに舟使用など許可をする訳がないのである。

とはいえ、平七郎だって、源治の舟に乗れる日がくればと思わぬ訳ではない。

昔が懐かしいからこそ、平七郎は自身が定橋掛となった時、このおふくの店を永代橋の管理監督の店としたのであった。

「それはそうと、平さん」

おふくは、腰を据えた平七郎に神妙な顔をして、

「ほら、あの女の人、今年も毎日来てるんですよ」

永代橋の方を顎《あご》で差した。

「何……」

平七郎はすぐに立ち上がって店の外に出て、橋の上に眼を凝《こ》らした。

しかし、行き交《か》う人の流れは殊《こと》の外《ほか》多く、陽の沈みかけた橋の上は薄墨色に包まれていて、容易に女の姿は捉えることは出来なかった。

「いませんか」

おふくも出てきて、

「まさか、身投げでもしたんじゃないでしょうね」

心配顔で言う。

「一度平さんから声をかけておいたほうがいいんじゃありません？……去年の桜の頃だって、どう見たって深い訳ありの顔でしたよ。それだって気になっていたんですけど、今年はもっと悲愴《ひそう》な顔してたんです」

「悲愴な顔……」

「ええ、今にも死にそうな……」

「……」

「何かあってからでは遅いでしょ」

「分かった、すぐに戻るから何か見繕《みつくろ》っておいてくれ」

平七郎は、おふくに言い置いて橋の上に出た。

今日は秀太とは別行動だった。

──秀太がいれば、大いに女を気にしたに違いない。

実は昨年、秀太は永代橋に佇《たたず》む女について記帳しているのを平七郎は側で見ていた。

『女は美貌《びぼう》にて、訳ありの様子であった──』

平七郎は間近には見ていないが、秀太が橋の上を木槌で叩きながら女を観察してきたところ、そのようだったと記したのである。

秀太には、たいがいの女が美貌と映るようだが、あの興奮のしようからみれば、本当に美貌の持ち主だったのだろうと、平七郎もその時から関心を持っていた。

――なんだ、この生暖かい風は……。

折からの風に、平七郎の着流しの着物の裾《すそ》が翻《ひるがえ》る。

一昨日は雪も舞うほどの冷え込みだったのに、昨日の午後からは嘘のように暖かい。気味が悪いほどだった。

平七郎は、行き交う人の流れの中に、その女はいないかと注視しながら、ゆっくりと橋を渡った。

永代橋は長さが百十間もある。

幅は三間一尺、架けられたのは元禄十一（一六九八）年で、幕命により関東郡代伊奈半《いなはん》左衛門忠順《ざえもんただより》の指揮のもと建設されている。

近いところでは文化四（一八〇七）年の八月に、深川八幡宮の祭礼に押しかけた群衆が橋の上に殺到し、東詰一間を残して橋は崩れ落ち、水死者千五百人も出す大惨事を起こしている。

そうでなくてもこの橋は、隅田川に架けられた橋の中でも一番海に近い。潮風にさらされ、大風に襲われて、あるいは大水や大火に見舞われるなどして、何度も架け替えられているのだが、日々押し寄せる諸国回船の府内への入り口として橋は欠くことのできない存在となっていた。

加えて、橋の下を船が通りやすいように反りあがらせて高くつくってあり、橋の上からは房総《ぼうそう》の山々や富士白峰の眺めが絶品で、江戸では最も眺望の優れた場所となっている。

この季節には、隅田川の上流を眺めると、川の両脇の土手に植えられた桜が川上に向かって帯が流れているように見え、絶景であった。

「ふむ……」

平七郎は、夜桜見物のために灯の入った雪洞《ぼんぼり》が、妖艶な桜の枝を照らし出している並木を左手に眺めながら、まもなく橋の中ほどに進み出た。

はたして、例の女は、欄干に寄りかかるようにして、遠くをじっと眺めていた。

女はおふくの言う通り、昨年も桜の季節にたたずんでいた。

隅田川堤の桜が咲き始めて、やがて風に散っていく十日余の間、女は毎日、陽が上るとやって来て、薄暮に包まれる頃に帰って行った。

どうやら家は橋の東側、深川にあるらしく、おふくの店がある西詰めに降りて来ることはなかったが、町家の娘にしては品のある色気に包まれた色白の美しい女というので、橋の見回りでおふくの店に立ち寄った平七郎や秀太の興味を誘ったのであった。

花見の季節や深川の祭礼や、それに隅田川の花火の季節には、特にこの川に架かる橋の点検は重要で、その間、何度も二人はこの橋に立ち寄ることになっている。人出の制限や荷車の搬入の制限など、常に目を光らせていないと大惨事を招きかねないからである。

さまざま考えながらも、平七郎は女に声をかけるのをためらっていた。

こんなに近くからまじまじと見詰めたことは初めてだった。横顔ではあるが、俯《うつむ》きかげんの細面の顔は、噂《うわさ》どおり美しかった。

だが、いささか寂しげに見えた。

その平七郎の側を、一見して幸せそうな若い男女が通り過ぎたその時、偶然女もその二人をちらりと見たが、その目を川面に戻すと、やがてうっと呻《うめ》くように、突然顔を両手で覆って泣き崩れたのである。

通り過ぎた若い男女の姿に心を乱されたようだった。

多分それは、男が手に持っていた手折《たお》った桜の一枝を、連れの女の黒髪に挿してやったその時に、甘えるような女の至福の顔を見たからに違いなかった。

「もし……」

平七郎が声をかけるより一瞬早く、女は向こうから渡って来た遊び人風の若い男たちに囲まれていた。

驚愕《きょうがく》して見返す女に、男たちは口々にからかいながら、一人の男が女の腕をぐいとつかんだ。

女は恐怖に顔を引きつらせて、後退《あとず》さる。だが思うに任せず、

「放してください」

悲鳴をあげた。

——いかん。

平七郎は駆け寄って、

「何をする。その女の腕を放せ」

男たちの背に怒鳴った。

「なんだ、なんだ……けっ、木槌を持ったお役人さんが、なんの御用ですかい。こう暗くなっちゃあ橋の傷みも分かるめえ」

一人の男のその言葉で、どっと男たちは面白そうに笑ったのである。

平七郎は、ずいと出て、

「痛い目に遭いたくなかったら、去れ」

「だとよ……」

男たちは小馬鹿にして、また笑った。

「女は渡せねえ……それとも、人の恋路を邪魔するんですかい」

目つきの鋭い年嵩《としかさ》の男が、懐に手を差し入れて平七郎の前に出た。

懐に呑《の》んでいる匕首《あいくち》をつかんだようだ。

「何が恋路だ。その女は俺の知り合いだ」

「うるせえ」

飛びかかって来た男の手にある匕首を、平七郎は木槌でコーンと払い落とすと、素早く女を引き離して後ろに囲った。

「これ以上逆らうと、皆まとめて、番屋にしょっぴくぞ」

平七郎は木槌を手に怒鳴りつけた。

「の、飲み直しだ」

男たちはあたふたして、橋の東に走り去った。

「この時刻だ。一人でこんなところに佇んでいては危ないぞ」

平七郎は厳しく言った。すると女はこくりと頭を下げて謝ると、潤《うる》んで黒々とした瞳を伏せた。

「名は、おちせと申します」

女はそう名乗り、後はうなだれて口をつぐんだ。

頬には暗い影が差し、おふくのいうとおり生気のない、どこかに魂を忘れてきたかのような表情だった。

二人がいるのは、おふくの店の二階の小座敷、平七郎は永代橋から女を連れてきたものの、腰掛けになっている階下は花見帰りの客で一杯だったため、おふくに言って二階に上がった。

酔っ払った客の、声高に言葉を交わす賑々《にぎにぎ》しさを耳朶《じだ》に捕らえながら、平七郎は慎重に声をかけた。

「先ほどの男たちは知り合いか」

「いえ……」

「そうか……」

「助けて頂きありがとうございました」

「人待ちの様子だったが、お目当てのお人は参らぬようだな」

女は、はっとして顔を上げた。

「去年の桜の頃も、同じあの場所で待っていたろう」

「お役人さま……」

「いや、咎めたり詮索《せんさく》したりしているのではない。あんたの様子を見ていると、去年とは違っている。身投げでもするんじゃないかと、まあ、ここの女将も心配してな」

女将のおふくは、永代橋を見守る自分たちの協力者だと告げた。

永代橋に限らず、たいがいの橋の袂の住人の中から、常々橋に気を配り、いざという時には知らせてくれる協力者をつくっている。

「俺も、放ってはおけぬ質《たち》だからな」

「……」

「力になれるかどうかは分からぬが、話してくれればいい知恵も浮かんでくるかもしれぬ。そう思ったのだ」

「お役人様」

平七郎を見詰めたおちせの黒い瞳から、涙が落ちた。

「いや、話したくなければ話さずともよいのだぞ」

「……」

「よし、じゃあ、送っていくか。まだあいつらが待ち伏せしているかもしれぬからな」

平七郎が膝を起こした時、

「嬉しいのです」

おちせは言った。

「お気持ちが嬉しくて……」

手をついて見詰めてきた。

「実は私、お役人様のおっしゃる通り、あるお人を待っておりました」

「うむ」

「でも、それも今年が最後、このまま二度とそのお人に会えぬのかと思うと、いっそ死んでしまいたい……そんなことを考えておりました」

「まてまて、待っている人がお前にとってどのような人なのか、おおよその見当はついた。しかしそれにしても、なぜ今年が最後なのだ」

「私、来月には妾《めかけ》奉公に参ります」

「何……」

「借金がありますから……借金は吉原にこの身を売ったって返せないほどの額なんです」

「そうか……そういう事情があったのか」

「ですから、その人に、お会いしたところで、もうどうなるものでもございません。ただ……」

おちせはそこで言葉を呑んだ。

だがすぐに、

「せめて、せめてこの私のことを、どんな風に思ってくださっていたのかと、それが知りたくて」

切ない眼を上げた。

「……」

「一度だけでいい、私に会いに来てくださったら……私を忘れてはいなかったのだと言ってくださったら……私はそれを生涯の支えとして生きていけるような気がしたのです」

おちせの話によれば、二年前、おちせは川崎大師に父の病気平癒《へいゆ》を願ってお参りしたが、境内《けいだい》で武家に絡《から》まれた。

武家は二人で、祈禱《きとう》所で擦《す》れ違った時から尾《つ》けられていたようで、境内の茶屋の床几《しょうぎ》に腰掛けてまもなく、二人のうちの一人、三十半ばかと思われる武家が近づいて来て、

「お前は、足袋《たび》屋『京福屋《きょうふく》』の娘だな」

口元に冷たい笑みを浮かべてそう言った。

おちせは、当時深川八名川《やながわ》町に店を張る足袋屋『京福屋』の一人娘、声をかけてきた武家は店のお得意様に違いないと判断して、丁寧《ていねい》に頭を下げた。

すると武家は、

「名はおちせ」

と言ったのである。

「はい。さようでございます。いつもご贔屓《ひいき》にして頂いてありがとう存じます」

おちせは、自分の名が知られていることに少々不気味さを感じながらも、立ち上がって腰を折った。

母が亡くなってから久しく、おちせは物心つく頃から父を助けて、母が生きていれば行ったであろう挨拶《あいさつ》回りなどを、進んでやって来ていたのである。

父が一代で築いた京福の足袋は評判が良く、年々歳々にお客は増えていったのだが、抱えている職人は松吉《まつきち》と忠助《ちゅうすけ》、それに仙太郎《せんたろう》という三人だけで、とても注文をさばき切れないほどになっていた。

そんな折、父が病に倒れ、一刻も早く病気が治ってほしいと考えていたおちせは、年が明けて水がぬるむとすぐに、お大師にお参りに来たのである。

ただ、目の前の武家には覚えがなかった。

おそらくこちらから父が直接出向いて注文をとっている立派なお家のお武家に違いない、父ならば知っているのかもしれないなどと、素早く頭の中で考えていた。

ところが、その武家は、

「お前の店の足袋には、針が入っているのか、ん」

ならず者のような口調で聞いてきた。

「いえ、そのようなことは……何度も点検致しまして皆様にはお使い頂いている筈《はず》でございます」

「俺の足袋に入っていたのだ」

「まさか……」

「俺が嘘をついているとでもいうのか」

「いえ、けっしてそのような……そのこと、父は存じ上げているのでしょうか」

「今はじめて教えてやったのだ」

「……」

「過ぎたことだと思っていたが、お前の顔を見て腹が立ってきた」

「代わりの足袋をお届けいたします」

「いらぬ……足袋のかわりにお前がつき合ってくれればいい」

驚愕しているおちせの腕を、ぐいと引いた。

その時であった。

「待ちなさい。聞いていれば場所柄もわきまえず、しかも因縁とも取られかねない、武士としてあるまじき行為ではござらんか」

茶屋の奥から出て来たのは、二人の武家より遥《はる》かに若い、きりりとした武士だった。おちせが振り返ってその武家を見た時、おちせの腕をつかんでいた武家が腕を放し、後ろに飛びのいて抜刀した。

若い武家もおちせの前に立ち、腰に手をやって柄頭《つかがしら》を上げた。

次の瞬間、互いの刃が交錯したが、おちせが目を見開いた時には、若い武家の刀が、因縁をつけてきた武家の喉元に、ぴたりとつけられていた。

勝負は瞬時に決まっていた。

おちせに因縁をつけた武家は、青い顔をして、足早に立ち去ったのである。

「お助け頂いてありがとうございました。せめてお名前を……」

おちせが駆け寄って尋ねると、武家は名を奥村鉄之進《おくむらてつのしん》と名乗り、旗本の次男坊だと言ったのである。

二人はその後、府内までの道程を同道することになるのだが、永代橋の西詰めまで送ってくれた鉄之進は、

「また、会いたい……会ってくれぬか。桜の咲く頃になれば、そなたの父も私の父も元気

になっているに違いない。この橋の上で……待っている」

鉄之進は、そう言い置いて背を向けたのであった。

おちせはそこまで話し終えると、恥ずかしそうに俯いた。

「そうか……奥村鉄之進という武家を待っていたのか」

平七郎は確かめるように聞いた。

「はい……でも、鉄之進様とは、昨年も、そして今年もお会いできませんでした」

「……」

「でも、こうして胸のうちを聞いて頂いて少しは心も晴れました」

おちせは、笑みを見せたのである。

「誰かを使いにやって、呼び出してみたらどうなんだ」

「いえ、もうそれは……こちらも事情が変わりましたし、もうお会いできるような立場ではございません」

「しかし、聞いているのだろう。住まいを……」

「ええ、でももういいのです。お会いできたところで、どうなるものでもございませんもの」

「おちせ……」

「鉄之進様と私では、身分が違います……立花様にお話ししていて気づきました」

行灯《あんどん》の灯が、おちせの寂しげな頬を照らしていた。

三

「平七郎殿も、早くお役替え頂いて、お父上様のような立派な同心になってくださることを、わたくし、こうしてここに座ってずっとお祈りしているのでございます。あなた、そうでございましょ」

里絵《さとえ》は、仏壇に手を合わせたまま、後ろに控えている平七郎に聞かせるように、位牌に語る。

まだ四十も半ば、亡くなった父の後妻で、平七郎にとっては継母《ままはは》である。

里絵には子が出来ず、父が亡くなった時実家に帰ってはどうかという話が持ち上がったが、

「自分は紛《まぎ》れもなく平七郎の母でございます。平七郎を成人させ、嫁を貰って立派な跡継ぎが生まれるのを見届けるのがわたくしの役目かと存じます。いまさら実家には帰れませ

ん」

きっぱりとその話を蹴《け》った。

それが十三年前だ。その時里絵が実家に帰っていれば、また違う幸せの道があったのではと考えると、平七郎は里絵には頭が上がらないのであった。

しかし最近は、顔を見るたびに、いつ定橋掛のお役目は解かれるのか、嫁はいつ貰うのかなどと何かと口うるさい。

逃げたくても逃げられないのがこの朝の儀式で、仏壇の父や先祖に挨拶をしてから出仕《しゅっし》しなければならず、里絵はこの場を借りて、あてのないくりごとを言うのが日課になっていた。

「母上、ご懸念なく……」

「何がご懸念なくなものですか」

目尻を吊り上げた里絵が、膝を回して平七郎に向いた。

「あなたは、少しはわたくしの言うことを、お聞きになっているのですか」

「ちゃんと聞いております」

「ならば……いいですか。お父上様は同心でも長年のお手柄で、百俵を賜《たまわ》っておりました」

「それも、お聞きしています」

「もう少し長生きをされていたなら、きっと与力に昇進なさるお人だったと、皆様おっしゃってくださいました」

「はい、それも存じております」

「盆暮れのつけ届けにしたって、お大名の皆様方、お旗本の皆様方など、どれほどたくさん頂いておりましたことか……」

「そうでした、はい」

「府内の商人の皆様方しかりです……うちの台所は潤沢でした」

「母上、父上は特別なお方だったのですよ」

ついに平七郎は閉口して言った。

「お黙りなされ。あなたは、お父上様のお子です。努力をすれば、お父上様のように出世できる筈ではありませんか」

「母上……母上のお気持ちは重々……ですが、そろそろ出仕の時刻、私はこれで」

ようやく腰を上げたところに、

「ぼっちゃま、一文字屋《いちもんじ》のおこうさんがお見えでございます」

下男の又平《またへい》だった。父の代からの奉公人で、六十はとっくに過ぎた老人だが、台所いっさいをこの又平がやっている。

「すぐに行く」

立ち上がったところに、おこうが使用人の辰吉《たつきち》を連れて現われた。

「平七郎様……」

菖蒲《あやめ》色の地に乱れ取りだすきの小紋の小袖、帯は黒繻子《じゅす》をきりりと締めたおこうの姿は、雪洞《ぼんぼり》に照らされた夜桜を見るような美しさである。

なぜこのような娘が、あの、読売（瓦版）屋の親父さんの娘なのかと、ずっと平七郎は不思議に思ってきた。

久しく会わない間に、一段と美しくなったと驚くばかりである。

「いやな人、何か私の顔についてますか」

「いや。おこう、久しぶりではないか」

「はばかりさま。実は、ちょっとお知らせしたいことがございまして」

「まさか、読売の店を畳むとかいう話じゃないだろうな」

「お察しの通り商売はあがったりですよ。でも、父が残してくれたお店ですから、やめるにやめられなくて」

「親父さんには気の毒なことをした。すまぬ」

平七郎は頭を下げた。

三年前、平七郎が定町廻りだった時、平七郎たちが手掛けた事件を読売屋として調べていたおこうの父総兵衛《そうべえ》は、盗賊の隠れ屋を突き止めて知らせてくれたのだが、平七郎たちの駆けつけるのが遅れて賊の手にかかって死んでいる。

しかし、総兵衛の書き残した記録によって、まもなく盗賊の一味は捕縛することが出来たのである。

その時平七郎は、当番方与力だった一色弥一郎の指示を仰いでいた。

ところが一色は、総兵衛が賊の手にかかって命を落としたと知った途端、その責は平七郎にあるとした。

だがまもなく事件が解決してみると、大捕物だった捕縛劇に至る手柄を、一色は自分のものとして報告したのである。

そして、平七郎は定町廻りから外されて定橋掛となり、一方で一色はその功績により吟味方の筆頭与力格に出世したのであった。

吟味方の与力は十騎、一色はそのうち、上から二番目に位置する座を占めたのである。

総兵衛が殺されたその真実は、平七郎がすぐに現場に向かうよう一色を促《うなが》したにもかかわらず、一色が待ったをかけ、無駄な時間を費やしたのが原因だった。

張り込んでいた総兵衛が、賊が逃げて行くのをみすみす見逃すことが出来なくなって、賊の前に飛び出したのだ。

町方に知らせていた刻限はとうに過ぎていたし、自分が時をかせいでいるうちに、やって来てくれるだろうと信じていたのである。

一色の態度に業を煮やした平七郎が駆けつけたその時には、総兵衛は虫の息で転がっていたのである。

「総兵衛、すまぬ……」

平七郎は総兵衛の体を抱き上げて、絶句した。

――俺たちが早くに駆けつけていれば、死なずにすんだものを……。

平七郎は泣いた。

だが一色は、自分が決断を遅らせたことは直隠《ひた》しにして、不手際の部分はすべて平七郎になすりつけて、その後の二人の道を決定づけたのである。

平七郎はだからと言って、一色の報告に異議を申し立てることもせず、自分がすべての責任を負ったのである。

責めをどちらが負うことになろうとも、死んだ総兵衛が生きて帰ってくる筈もない。

あの折、一色などの采配《さいはい》を待たず、独自に、総兵衛のもとに走っていればという悔恨《かいこん》と慙愧《ざんき》の念がいまだある。

おこうの父を死なせてしまったのは、紛れもなく町方である自分の責任だと平七郎は考えている。

以後、おこうは、父の店を継ぎ読売を続けているが、このご時世、いつ店を畳んでもおかしくない状況に追い込まれていると聞いていた。

だがおこうは、一度も平七郎に恨み事を言ってきたことはない。

時折、この同心屋敷を訪ねて来ては、母の里絵とおしゃべりをして、帰っていくのであった。

「実はね平七郎様。これは秀太さんにお聞きしたのですが、親父橋で殺されていたおみつとかいう女の人、お奉行所では自殺で片づけたんですってね」

「うむ」

あれは、腹のおさまらぬ決裁だったが、平七郎はかやの外、上役の大村に言われた通り、口をつぐんでいたのである。

「それじゃあ平七郎様は納得なさらないと存じまして、この辰吉に探らせたのでございます」

おこうは、連れてきた辰吉をちらっと見遣る。

待ってましたと辰吉が進み出て、

「へい、旦那。これは大変な事件ですよ。おみつは殺されたんです、それもお旗本に」

「まことか」

「へい。おみつが通っていた『水月』で聞いたんですが、おみつにはいい人がいましてね。これが旗本の旦那だったんですが、その男に、これまでこつこつ溜めてきた金三十五両を、おみつは全部貢《みつ》いでいたらしいんでさ……ところがつい最近になって、先方から別れ話が出ましてね。それでおみつは金の返済を迫っていたらしいんです。おみつと仲が良かったおきくという仲居の話では、それで殺されたんじゃないかって」

「ふむ。しかし、それだけでは証拠としては弱いな」

「分かっていますよ、旦那。まだあるんですよ」

「何」

「その旗本というのは、もともとは水月の客だった訳ですから、名は九鬼縫之助《くきぬいのすけ》って野郎だってことは分かっています。でね、その野郎とですね、おみつはこれから待ち合わせをしてるんだって、おきくに言ってたらしいんです」

「いつの話だ」

「死体が揚がった前夜です。雪が降った日だから忘れないって、おきくは言ってました」

「……」

「旦那はもう定町廻りじゃねえってことは存じておりやすが、お知らせした方がいいって存じやして」

「そうか……九鬼縫之助という男にな。しかし、お前も今言った通り、俺は定橋掛だ。お前からこれこれこうでしたと、定町廻りに知らせてやってくれ」

「駄目ですよ、旦那。もうすでに門前払いを食らったんですよ」

「……」

「それでいいんですか、旦那。人殺しをした悪い奴が平然として生きているんですぜ」

辰吉は怒っていた。挑戦的な物言いだった。

「それなのにおみつはですよ、虫けらのように殺されたんですぜ……旦那、おみつは、身寄りのない可哀そうな人だったんですよ。その一人ぽっちのおみつがですよ、一生懸命溜めた金を巻き上げられて殺された。世の中、それでいいんですかね」

「辰吉……今の俺には、どうしようもできぬのだ。分かってくれ」

「おやそうですかい」

辰吉は、冷ややかな笑みを送って来た。

気持ちは分かるが、平七郎には辰吉の訴えを聞くのが辛かった。

見ざる言わざる聞かざるを通せと言った大村の言葉が、頭の中を巡っていた。

「辰吉、帰りましょ」

おこうが言った。平七郎に向けた視線には、咎めるような棘《とげ》があった。

「平七郎様ができないっておっしゃるのなら、私が筆の力で暴《あば》きます」

おこうは、きっぱりと言ったのである。

「おこう、危ない真似《まね》はやめろ」

「ほっておいてくださいまし。ここに来たのが間違いでした。父の無念が、今ようやく分かったような気がします。辰吉」

おこうは立ち尽くす平七郎に、冷たい一瞥をくれ、辰吉と裏庭の木戸に消えた。

「平七郎殿」

振り返ると、母の里絵が立っていた。

「母上……」

「あなたは、女子《おなご》の気持ちも分からないのですね」

「女子の気持ち？」

「おこうさんはあなたのことを、お慕いしていますね」

「まさか……」

「そのようでは、いつまでたっても……まことこれほどの唐変木だったとは」

里絵は、呆れ顔で苦笑した。

意外な言葉に、平七郎は混乱していた。

「奥村様……でございますか」

妻女は怪訝《けげん》な顔を向けてきた。

「そうです。奥村鉄之進というのだが、奥村家の次男坊で」

「あの、失礼でございますが、あなた様は奥村様とはどういう……」

「昔、道場で一緒だった者ですが」

平七郎は嘘をついた。

同心姿で何かを尋ねれば、誤解を招きかねないと思ったからだ。

十手も木槌も懐にしまってあるし、橋の見回りを秀太一人に押しつけて、一人でこの御番衆の住む市ケ谷《いちがや》にやって来たのである。

用向きは当然、おちせが永代橋で待っていた男、奥村鉄之進に会うことだった。

ところが、おちせから聞いていたその場所には空き家しか見つからず、もしやと思って隣家の妻女に尋ねたところ、妻女は奥村と聞いて顔色を変えたのである。

——何があった……。

緊張した面持ちで妻女を見詰めると、妻女は小さな声で、奥村の家は一年前に潰《つぶ》されたのだと言った。

「潰された……では皆さんは、どちらへ参られたのですか」

「あなた様は、鉄之進殿のお兄様が切腹なさったこと、ご存じないのですね」

「切腹を……」

妻女はさらに声を潜めて、

「お父上様がお亡くなりになって、跡を兄上様が継がれたのですが、その兄上様がご切腹、次々と不幸に見舞われまして、お気の毒でした」

「何故《なにゆえ》、奥村の家は潰されたのですか」

「そこのところは……」

妻女は言い淀み、

「申し訳ございません。いい加減なことを人様に申し上げるものではないと夫からきつく言われておりますので……。実は昨日も、屋敷の前に佇んでいた娘さんにお会いしまして、その方にも奥村家はお取り潰しになったことを申し上げたのですが……」

——おちせか。

と、平七郎は思った。

最後の勇気をふり絞って、おちせが鉄之進に会いに来たに違いない。しかし、おちせの最後の願いも、この場所で絶たれたということか……。

一途に思い詰めているおちせの心が切なかった。

平七郎は今朝、読売の一文字屋のおこうに、厳しい言葉を浴びせられたところである。しかもおこうは、父親が亡くなったその無念が分かったと言い、胸の奥にしまっていたものを、平七郎に突きつけた。

あの時、平七郎は、逃げ出したいような気分だったのである。

上役の大村虎之助の言う通り、定橋掛は見ざる言わざる聞かざると、おみつ事件に目をつむるとしても、せめて叶《かな》わぬ恋に傷心しているおちせの願いを叶えさせてやれぬものかと、それで鉄之進を訪ねてきた平七郎であった。

おみつの事件とおちせの問題は、まったく別の事柄ではあるが、おちせの願いを叶えさせてやることが出来たなら、おみつ事件で手も足も出せなかった自分の免罪符になるのではないかという、それで釣り合いを保とうとする狡猾《こうかつ》さが、心の奥で働いたのかもしれぬ。

しかしこれでは、おちせの願いも叶えてやることも出来なくなったと平七郎は落胆し、それでも妻女には念を押した。

「では、鉄之進が今どちらにいるのか、それもご存じないのですね」

「はい……」

「そうですか、鉄之進は行方知れずですか」

肩を落として踵《きびす》を返すと、

「もし」

妻女が呼び止めた。

「下男の与茂八《よもはち》さんなら、鉄之進殿のこと、ご存じかもしれません」

妻女は小さい声で言い、屋敷の中にそそくさと消えた。

四

「与茂八は、鉄之進様の姿を見るに忍びないと、泣いておりましたぞ」

薄暗い裏店で、平七郎は奥村鉄之進と対面していた。

平七郎は永代橋で鉄之進が現われるのを待っているおちせのために、奥村家を訪ね、隣家の妻女に消息を聞いた。そして与茂八に会って、ここに来たのだと言った。

むろん、自身は北町奉行所定橋掛同心、立花平七郎であることは最初に告げた。

その上で平七郎は、このことはお役目外だが俺も人の子、おちせの悲嘆を見るに見かねてやって来たのだと、率直に思いを語ったのである。

だが鉄之進は、

「立花殿、ごらんの通りの暮らしでござる。私は、おちせ殿に会いに行けるような状況にはありません」

膝に揃《そろ》えた拳《こぶし》を握り締める。

月代《さかやき》は伸び、口髭も伸び、竹ひごで作った虫かごが積んである裏店の小さな板間に座っている鉄之進は、一見、夢も希望も失った青年のように見えた。

だが平七郎は、膝の拳を睨んでいるその眼の色に、いいようのない憤《いきどお》りを抱えているのを、瞬時に感じ取っていた。

平七郎が与茂八から教えられた、神田《かんだ》の平永町《ひらながちょう》のこの裏店にやって来たのはつい先ほどのことで、長屋の路地に足を踏みいれた途端、平七郎の胸が痛んだ。

奥村鉄之進は次男坊とはいえ二百石の旗本の子息だった男である。

それが一転して、父を失い、兄を失い、わびしい裏店住まいとなったのである。

――ここで、どのようにして生活の糧《かて》を得ているのか……。

一方のおちせも、借金のために身を売るようにして妾奉公することが決まっている。

ひとごととはいえ、なぜ、二人が同時に、不幸に見舞われたのか、世の無常を改めて知る平七郎だった。

ただ、救われたのは、平七郎が井戸端に集まって小魚を分け合っている女房たちに近づいて、奥村鉄之進の家を聞いた時、

「鉄之進様ですか」

女房たちは、同心姿の平七郎をじろじろと眺めながら、

「何の御用ですか」

一斉に平七郎を取り囲み、挑戦的な表情を見せたのである。

皆で鉄之進を守っていこうという結束がありありと見え、鉄之進がこの長屋の連中に、どんな形で受け入れられているのかが分かり、ほっとしたものであった。

「いや、そういうことではない。俺は鉄之進の友人だ」

平七郎がそう言うと、

「なんだ。旦那、脅かさないでくださいよ。鉄之進様はね、ほら、奥から二番目の、すぐそこですよ」

女房たちは明るく笑って教えてくれたのであった。

「おぬしの気持ちも分からぬではないが、実はおちせも、のっぴきならぬ事情を抱えている。だから、おぬしを待つのも今年の桜の季節が最後だと……」

鉄之進の頬がぴくりと動いた。

顔を上げて、平七郎を切ない眼で見詰めてきたが、すぐに表情をもとに戻して、また俯いた。

「言わないでおこうと思ったが、伝えておこう。おちせは、借金のために妾奉公に出るようだ」

「……」

「おちせはな。おぬしが一度でもいい、会いに来てくれたら、どこに行こうと、どんな苦労をしようとも、それをこころの糧にして生きられる、そうまで言っている」

「会えぬ……」

鉄之進は、喘《あえ》ぐように言った。

「そうか……会ってやれぬか」

無理は言えぬと平七郎は思った。

好いた女に落ちぶれた姿を見せたい男はいない。

「浪人になったからじゃない。会えぬのだ」

鉄之進はもう一度そう言うと、苦しげな顔を上げた。

その眼の色に、悲しいまでのおちせへの想いが揺れているのを、平七郎は見た。

「分かった。おちせ殿のことはもう言うまい。ただ、どうしておぬしの兄上は切腹されたのか話してくれぬか。おちせも、子細が分かれば自分を納得させることが出来る」

「……」

「おちせの他には、他言はせぬぞ」

平七郎はじっと見た。

鉄之進は、しばらくの間逡巡《しゅんじゅん》していたようだったが、やがて決心したのか、険しい顔で平七郎を見詰めると、

「兄は、兄は耐え難い愚弄《ぐろう》を受けたのでござるよ」

鉄之進は震える声で、そう言った。

「誰に愚弄されたのだ」

「上役にです……」

鉄之進の話によれば、二年前、川崎のお大師様に参ってまもなく、父親の病状が悪化して、春になる前にこの世を去った。

そこで、かねてより跡目相続を届けていた兄の太一郎《たいちろう》が当主となったが、当主となって

すぐ、大御番衆への話が来た。

ところがこの御番入りをするためには、まずもって『御番入り振舞』をするのが通例だと、上役になる人物から助言を受けた。

そこで太一郎は、それまで父がいざという時のために蓄《たくわ》えて遺《のこ》してくれていた三十両余りを持ち出して、上役の組頭、同役四十六人を小料理屋に接待した。

料理、酒はむろんのこと、土産《みやげ》の菓子まで用意しての接待だった。

これで万事うまくいく。無役だった父の時代のことを考えれば、夢のような話だった。

ところが、その時上役から言われたのは、出仕までの間に、上役同僚すべての者の屋敷に出向いて、改めて挨拶しなければならぬということだった。

しかもその挨拶の折も、なにがしかの土産が必要だと聞き、太一郎は呆然《ぼうぜん》としたのであった。

すでに父が遺してくれたなけなしの金は、使い果たした後だった。

困り果てた太一郎は、同役になる一人に、どうしたものかと、恥を忍んで相談したのである。

その同役の話によれば、太一郎が接待した小料理屋は府内では三流で、菓子もさして名の通った店ではなかったことから、上役も同僚もみな気分を害している。挨拶に回る時によほどの手当てをせねば、お役の話は無になるのではないかというのであった。

——そんな馬鹿な。

太一郎は憤りを覚えたが、それでも誠意を尽くせば分かってもらえる筈だと言い聞かせ、挨拶回りを始めた。

ところが、訪ねる屋敷には、申し合わせたように誰一人いない。

同じ屋敷に五回、十回と足を運ぶうちに、こたびの仕打ちは最初から仕組まれたものだと太一郎は気づいたのである。

腹に据えかねた太一郎は、上役の屋敷に単身乗り込んで行ったのである。

鉄之進は、そこまで話すと、息を継いだ。

声は震えていて、聞いている平七郎にまで怒りが伝わって来た。

「そこで何があったのか……兄は屋敷に帰ってきてまもなく、父の位牌の前で腹切って果てました」

「しかし、そのことだけで……兄上がそうまでされたのには、もっと深い子細がおありだったのでないのですか」

「兄は、私の犠牲になったのです」

「おぬしの……」

「上役というのが、九鬼縫之助」

「九鬼……縫之助」

平七郎は驚愕した。

殺されたおみつがつき合っていた男も、確か九鬼縫之助だったことを思い出したのである。

「まてまて、その九鬼とおぬしと……」

「九鬼は、二年前、川崎のお大師でおちせ殿に因縁をつけた男です」

あっと平七郎は鉄之進を見た。

「そういうことです。九鬼はあの時の屈辱を、兄に仕返ししたのですよ。私も後になって九鬼が上役だったと分かったのですが、何も知らない兄は、いじめられるだけいじめられて、しかも上役を侮辱して九鬼の屋敷で暴れたと見なされて、私が兄の切腹を届けようとしていたところに、お家断絶のお達しがありました」

「許せぬ話だ」

平七郎は口走った。正直な気持ちだった。

「平七郎殿。ただこの話、おちせ殿には……」

鉄之進は苦渋の眼で、きっと見た。

「これはいったい、どういうことだ」

平七郎は、深川の永代寺の門前町にある裏店に入った途端、息を呑んだ。

長屋の中ほどにある一軒の戸口に、長屋の連中が寄り集まって、泣いているではないか。

――あれは、もしやおちせの家では……。

もうかれこれ十日にもなるだろうか。永代橋を渡って深川に下り、一人で帰れるからと遠慮するおちせを送って長屋の戸口まで送ってきたことがある。

その時、おちせが入っていった家が、今長屋の皆が集まっているあたりだったと、平七郎は思い出したのであった。

俄《にわか》に襲われる不安を押さえ、その家に近づくと、土間の中から年老いた男の泣き声が聞こえて来た。

「この家は？……おちせの家か」

長屋の女房に尋ねてみると、

「おちせちゃん、死んじゃったんですよ」

と言う。

「いつのことだ」

「今朝ですよ。永代橋の下で浮いていたんですって」

「何……」

「土左衛門船の爺さんが引き上げてくれたらしいんだけど、その時にはもう……」

女房は顔を覆った。

平七郎は、静かに土間に入った。

「ごめん。俺は北町の立花という者だが」

「立花様……」

おちせの遺体の前ですすり泣いていた初老の男が振り返った。

男は素早く涙を拭《ぬぐ》うと、長屋の者たちが引き揚げていくのを待って、平七郎に深々と頭を下げた。

貧しい暮らしをしているとはいえ、二年前までは本所に店を張り職人も抱えていた人である。長屋住まいの者にはない貫禄《かんろく》が見えた。

ただ、店は潰れ、年をとり、おまけに最愛の娘を亡くしたとあって、顔にも目の色にも、拭いようのない疲労が見えた。

平七郎は上に上がって、おちせに手を合わせた。

美しい顔だった。

濡《ぬ》れた髪は梳《と》きつけられてはいたが、平七郎はおちせの髪に、一枚の桜の花弁がへばりつくようにくっついているのを見たのである。

――そうか。気がつかぬ間に、桜は散り始めているのだな。

しみじみと思う。

平七郎は、おちせの髪にある桜の花弁を取ろうと伸ばした手をひっこめた。

花弁一枚、あの世へのはなむけだと思ったからだ。

父親に膝を向けると、父親は平七郎を待っていたように膝を改め、手を突いた。

「おちせの父徳右衛門《とくえもん》と申します。その節はおちせがお世話をおかけしましたようで、ありがとうございます。おちせから何もかも聞いておりました。おちせは、あなた様にお話ししたことで、少しは落ち着きを取り戻しておりました」

「それならばいったい、どうしてこんなことに」

「奉公が辛かったんではないかと存じます。ええ、そうでなくても店が潰れてから辛いことばかりでしたから。おちせには、苦労ばかりかけました。私が殺したようなものでございます。ただ、考えてみれば、おちせはこれで気の進まない妾奉公に行かずにすむのですから、これはこれで、よかったのではないかと……」

「親父殿……」

「葬儀が終われば、あなた様をお訪ねしようと思っておりました」

「俺を」

「はい。おちせは、あなた様に書き置きを遺《のこ》しているのです」

徳右衛門は言い、懐から一通の封書を出すと、平七郎の膝前に置いた。

「実は俺も、おちせに聞きたいことがあって参ったのだが、親父殿は、九鬼縫之助をご存じかな」

平七郎は、懐に遺書をしまいこむと、徳右衛門に聞いた。

「お旗本ですね。拝領屋敷は市ケ谷にございますが、本所に別宅がございまして、私が本所に店を開いていた時には、市ケ谷にも別宅にも足袋を納めておりました」

「そうか、やはり見知っておったのか」

「ですが立花様。おちせが二年前にお大師様にお参りしました時に、足袋に針が入ってたなどと言われたことがあるようですが、そのような事実はございません」

「ふむ。しかし、親父殿の耳に苦情が届いてなかったというようなことはないのかな」

「それもございません」

徳右衛門は立ち上がると、奥の部屋から足袋を手に戻って来て、

「立花様もご存じの通り、足袋は用途、形、生地などいろいろなものがございますが、仕上げまでの工程の中で、手を差し入れ、あるいは撫《な》でるようにして仕立てますから、縫《ぬ》い針が入っていればすぐに気がつきます。お届けする時にはさらに点検も致しますし、足袋に針が入っていたことなど一度もございません」

徳右衛門は、足袋を愛しむように撫でながら説明した。

「そうか。では九鬼の話は、まったくの言いがかりだな」

「九鬼様は、以前おちせを側妻《そばめ》に欲しいと言ってきたことがございます。お話を持ってきたのは大黒《だいこく》屋さんでしたが……」

「大黒屋……何者だ」

「はい。両替商の大黒屋さんです。本所の店が焼けまして、おまけに火事場泥棒に遭いました時、大黒屋さんは店を再建したいのならお金を融通《ゆうずう》してもいいと言ってくれまして」

「それじゃあ、借金をした先というのは」

「大黒屋です。今思えば、悔やんでも悔やみ切れない話ですが」

「すると、おちせの奉公先は大黒屋だったのか」

「大黒屋にお任せすることになっておりました。どこに出されるのか分かりませんでした。しかし私も馬鹿なことを致しました」

徳右衛門は肩を落とした。その姿は、生気のない、まるで木像がうなだれているように見えた。

「徳右衛門」

「はい」

ふうっと徳右衛門は生気のない顔を上げた。

「お前は、けっして早まったことをしてはならぬぞ。最後まで生き抜くのだ。それがおちせへの供養になる。よいな」

平七郎は、厳しい口調で言って、外に出た。

五

「立花さん、親父橋の修理ですが、終わりましたよ」

本所の北森下町《きたもりした》の両替商『大黒屋』の店先を張り込んでいた平七郎の側に、平塚秀太が静かに近づいてきて耳元で告げた。

「そうか、すまんな。こたびは迷惑をかけた」

「そんなことはいいのですが、まずいんじゃないですか。こんなところでうろうろして、本所方与力に見つかったら、何を言われるか分かりませんよ」

本所方与力というのは、本所深川に関する諸般の事務を取り扱い、橋梁《きょうりょう》の普請を行い、鯨《くじら》船という快速船二隻を持ち、船に乗って特に川筋を見回る与力のことである。

配下に同心二人と本所道役という下役がいたが、橋や川を見回るという点では定橋掛と同じであり、通常相手の支配地を侵すことはない。秀太はそれを危惧して言ったのである。

「いいんだ。別に本所深川の橋の点検をしている訳ではないんだからな」

「そりゃあそうですけど……まっ、いいか。今回は特別ですからね」

「何が特別なんだ」

「だって、いくら見ざる言わざる聞かざるって言ったって、永代橋に佇んでいた女のことで動いているんですからね」

「言い訳だな、それは」

「そんなことありませんよ。この私だって放ってはおけないって思ってたんですから……おちせは身投げしたんでしょ。可哀そうですよ」

「ほう、お前も橋の仕事以外に、心を悩ますことがあるのか」

「当然じゃないですか、生きた人間ですからね。だから、大黒屋がそうとうな悪だってこと、私だって調べてあるんですから」

「教えてあげましょうか、立花さんが知りたいことを……九鬼と大黒屋は繋《つな》がっていますよ」

「何……」

「秀太……」

驚いて見詰めると、秀太はふふんと鼻で笑って、

「実は、読売屋が訪ねてきたんですよ、一文字屋のおこうさん」

「いつだ」

「今朝です。立花さんに伝えてほしいと言いまして。おみつのことは前に話した通りだけど、九鬼を調べていたら、大黒屋と繋がったって」

「そうか……おこうがな」

「おこうさんは、おちせのことも調べていました」

「ふむ」

「おちせの妾奉公の先ですが、どうやら九鬼の屋敷だったようです」

「まことか」

「おこうさんは大黒屋を脅したようです。不正の金利をとっているのをばらされたくなか

ったら白状しろと、白状しなければ筆の力で世間にばらすと……」

「そんなことを言ったのか」

「おこうさんは、そう言ってました」

「いかん。こうしてはおれん。秀太、すまぬが大黒屋を見張っていてくれ」

「いいですよ。もともと私は、捕り物をやりたいために同心になったんですから」

「よし、いいか。一歩も大黒屋を外に出すな。おこうに脅されたことを大黒屋が九鬼にしゃべったら、おこうが危ない」

「分かっています。出かけるようならしょっぴきます」

秀太は、白くてぶくぶくした腕を見せた。

そんな腕が、捕り物に役立つとは思えなかったが、平七郎は秀太に後を頼んで、自分は隅田川に出て、北に向かって走り、新大橋を渡って通油《とおりあぶら》町の一文字屋に足を向けた。

ただ黙々と走りながら、その脳裏には、おちせから貰った遺書の文面が頭を過《よぎ》った。

遺書によれば、おちせはやはり、市ケ谷の奥村の屋敷を訪ねていたのである。

そこでお家断絶の顚末《てんまつ》を聞いたおちせは、与茂八から奥村家を陥《おとしい》れたのが九鬼縫之助だと聞いて愕然としたのである。

九鬼は川崎のお大師さんで絡んできた男で、その男が大黒屋を通じておちせを妾に欲しいと言ってきていたことも、おちせはうすうす知っていた。

お大師さんでの出来事は、けっして偶然ではなかったのだ。

九鬼が偶然のように見せかけて因縁をつけ、おちせを凌辱《りょうじょく》しようとした所業は、前々から丹念に計画されたものだったのだ。

ところがお大師さんでは、鉄之進が現われて、おちせは救われた。

そのことを根に持った九鬼縫之助が、鉄之進の兄太一郎に目をつけて仕返しをしたというのが、一連の事件の顚末《てんまつ》だった。

おちせがそれらに気づいた時、もう、事態は取り返しのつかないことになっていたのである。

奥村家の不幸は、私のせい——。

おちせは、遺書の最後を次のように結んでいた。


立花様。お分かり頂けますでしょうか。

この世で一番たいせつだと思っていた人を、不幸に陥れた私がとるべき道は、私のできる償《つぐな》いは、死をもってするしか他に方法がございません。

父はおそらく、私が妾奉公に行くのが辛くて、身投げしたと思うでしょうが、そうではございません。

私の死は、心からお慕いした鉄之進様へのお詫《わ》びのしるしです。

私にもし、九鬼に一矢報える力があればそうしたでしょう。

でも私には、そんな力はございません。死をもって抗議するほか、方法がないのでございます。

どうか、父のことを宜《よろ》しくお願い致します。

心残りは、もっと早く、思い切って私の方から橋を渡って、鉄之進様をお訪ねすればよかったと思っています。

おちせは、鉄之進への想いを切々と綴《つづ》っていた。


「風がまた出てきましたね」

一文字屋の辰吉は、新橋の袂で腰を落としたまま、側に立つ平七郎を見上げて言った。

さすがにこの辺りも夜の四ツを過ぎると、人の往来もまばらである。

じっと橋袂に立っていると、聞こえて来るのは、風の音と神田川の水の音ばかり、寂しいほどの静けさである。

　平七郎が今立っている新橋も奉行所の管轄で、先月秀太と点検したばかりである。川に沿って東西に抜けている道は広く、二人が張り込んで眼を凝《こ》らしているのは、その道の向こうに建っている料理屋『佐野屋《さの》』だった。

　佐野屋の主金右衛門《きんえもん》には、新橋の整備や監視を頼んであって、平七郎とは顔馴染《なじ》みであった。

　勝手知ったる橋の袂だが、しかしここに張り込んですでに一刻になる。

　平七郎は辰吉の側に腰を下ろすと、前を見詰めたまま辰吉に聞いた。

「おこうが『佐野屋』にいるというのは、間違いないのだな」

「へい。おこうさんは九鬼を朝から追っていました。夕刻になって佐野屋に入ったと、使いの者をよこしています」

「そうか、それならばよい」

　平七郎が新大橋を渡り、通油町の一文字屋に着いたのは夕刻だった。

　丁度辰吉が出かけるところで、おこうの居場所を聞いたところ、これからそこに向かうのだという。

　それでこの神田川の北側に広がる佐久間町《さくま》にやって来たのだが、おこうも、おこうが追っているという九鬼縫之助も、まだ佐野屋から出て来る気配はないのであった。

「俺は、九鬼に会ったことはないが、お前には分かるな」

「もちろんですよ。嫌な奴です。ただし、ヤットウはかなりのものだと聞いています」

「ほう……何流だ」

「天馬《てんま》流と聞いてますぜ」

「天馬流」

「道場は市ケ谷です。拝領屋敷の近くですよ」

「あの辺りは武家地ばかりだ。門弟も多いことだろう」

「いえいえ」

辰吉はちらっと平七郎に視線を戻すと、手をひらひらと振って否定し、

「平七郎様は神田の北辰一刀流《ほくしんいっとう》、それも師範代の腕の持ち主、市ケ谷辺りの、お役を貰うために形式的に武術を習う連中とは、ここが違いますからね」

辰吉は、自身の腕を叩いてみせた。

「辰吉……」

平七郎は苦笑する。

――剣は、立ち合ってみなければ、分からぬ。

それが平七郎の持論であった。

「平七郎様。ちょいと様子を見てきます」

辰吉が業《ごう》を煮やして腰を上げた時、佐野屋の玄関から、女中や仲居たちに送られて、恰《かっ》幅《ぷく》のよい武家が配下の者二人を従えて現われた。

思わず身を低くする平七郎は、じっと見据えて、

「あれか……」

辰吉の耳に囁《ささや》く。

男は大路に出て来ると、両脇下から手を着物に差し入れて、謡曲を口走りながら西に向いた。

「九鬼です」

辰吉が、緊張して言った。

月は半月、九鬼たちの姿は川べりの大路に、三つの長く黒い影をつくっていた。

――おこうだ。

まもなくだった。佐野屋の店の前に、すっと女の姿が現われたのである。

九鬼たちの姿を追うおこうだった。

九鬼たちは、おこうの尾行を知ってか知らずか、まっすぐ西に向かって歩いて行く。

どうやら拝領屋敷に帰るつもりのようだった。

「辰吉、いいか。九鬼は俺がカタをつける。お前はおこうを呼び止めて、九鬼を尾けるのをやめさせろ。それから北町奉行所に駆け込んで、一色弥一郎という与力を呼び出すのだ。小者にでも言いつけて、八丁堀の役宅に走ってもらうんだ。俺の名を出せ」

「こんな夜分によろしいんで」

「いい。嫌とは言わぬはずだ。よいな」

「へい。承知致しやした」

辰吉は言うが早いか、九鬼の後を追うおこうをそっと後ろから呼び止めて、物陰に誘い入れた。

平七郎はそれを見届けた後、静かに踏み出して九鬼の後を追った。

ところが、前を行く九鬼の一行が、和泉《いずみ》橋を過ぎて神田佐久間町のいっそう広い通りにさしかかった時、突然九鬼の前に黒い影が躍り出た。

――鉄之進。

平七郎は、柄頭を上げて走った。

だが、平七郎が走り寄るよりも一瞬早く、鉄之進が両手を広げて九鬼の前に立ちふさがった。

「誰だ」

九鬼は、揺れる足元を踏ん張って、黒い影を見て、

「ふん、奥村の小倅《せがれ》か。久し振りだな」

と冷ややかに笑ったのである。

「九鬼縫之助、兄の敵《かたき》、尋常に勝負しろ」

鉄之進が叫んだ。

「何が兄の敵だ……お前の兄は、人の道も知らぬ吝《しわ》ん坊だったのだぞ。さんざん注意を与えてやったのに、それも聞き入れず、上役のわしを罵倒した。暴れてわしの屋敷の家具什器《じゆうき》を壊したのだ。旗本とは思えぬ行状の悪さだったぞ、それでお家はお取り潰しになったのだ」

「兄は、果てている」

「勝手に切腹した。逆恨《さかうら》みだ」

「違う。おまえは最初から、奥村の家を取り潰すためにやったのだ。兄を御番衆に入れたのも、結局いじめぬいて切腹させるつもりだったのだ。川崎のお大師での一件、あの時の屈辱を晴らすためにやったのだ」

「生意気な奴。兄弟揃って不作法なものだな」

九鬼は言いながら、引き連れている二人に交互に顔を振り向けてくっくっと笑った。

すると、両脇の若い武家も、追従笑いをしてみせた。

「何がおかしい。だが笑うのも今のうちだな。そちらが抜かなければ、こっちが先に抜く」

鉄之進は腰を落とすと、柄に手をやって前を睨んだ。

「鉄之進殿。まだあるぞ」

平七郎が走り寄る。

「立花殿――」

驚いて見迎える鉄之進に、平七郎は言った。

「この男は、親父橋でおみつという娘を殺している。半月ほど前のことだ。それと、おちせを死に追いやったのも、この男だ」

「おちせ殿を……」

「そうだ。ずいぶん前から、その男は、おちせを側妻にしたいと考えていたらしい」

「誰だ、お前は――」

ゆらりと体を揺らして、九鬼が平七郎の方に顔を向けた。

「定橋掛、橋を見回っている同心だ。名は立花平七郎」

名乗った途端、九鬼はへらへらと笑ってみせると、

「役にも立たぬ無駄飯食いがいると話には聞いていたが、お前のことだったとはな」

「いや……もっと役に立たぬ者たちがいる。無駄飯どころか、ただ飯食いの悪い奴らがいると聞いていたが、そうか、それがお前たちのことだったか」

平七郎は、負けずに小馬鹿にするように笑って見せた。

「き、貴様、誰に向かって言っている。謝《あやま》れ、容赦はせぬぞ」

九鬼が狂ったように叫んだ。

だが平七郎は、耳を貸すどころか、懐から木槌を取り出し、腕をのばして、木槌の頭の照準を九鬼にぴたりと据えると、言い放った。

「お前は、おちせの父親におちせを妾にほしいと申し入れたが断わられた。まずそういう事情があってのお大師での因縁だったのだ。鉄之進殿の言う通り、鉄之進殿の兄者の御番入りの騒動も、ただ恨みを晴らすためのものだったのだ。すべて知れておる。おちせはな、そういったもろもろの不幸な出来事が自分のために起こったのだと知り、隅田川に身を投げた。鉄之進様に申しわけない、死んでお詫びするしか方法がないと言ってな」

「おちせ殿が……身投げを」

鉄之進は驚愕した顔で平七郎に聞いた後、きっと九鬼を見据えて言った。

「許せぬ」

抜刀して構えると、九鬼もその配下も、次々と刀を抜いた。
鞘《さや》走る不気味な音が、闇《やみ》を切る。
「助太刀を致す」
平七郎も抜いた。
その時だった。
九鬼がすいと後ろに下がったと同時に、若い二人の武家が、一人は鉄之進に、そうして
もう一人は平七郎に飛びかかって来た。
叩き合う剣の音が闇を打つ。
平七郎は、擦れ違いざま、相手の剣を跳ね上げて飛ばし、その刀で足を薙《な》いだ。
「ぎゃっ」
という短い叫び声がして、次の瞬間には、武家はそこに転がって足を抱えて気絶した。
――鉄之進は……。
ちらっと見やると、互いに交《まじ》わって走り抜けた後、再び構えに入って睨み合っていた。
平七郎は、僅《わず》かに体を滑らせると、九鬼に向いた。
「うっ……」
酔いもさすがに醒めたとみえ、九鬼は大慌《あわ》てで羽織を脱ぎ捨てると、履いている雪駄も

脱ぎ捨てた。

「無礼者め、斬ってやる！」

九鬼は言い放つと刀を上段に構えてから、右肩に刀をぐいと引き寄せた。

そのまま、じっと睨み据える九鬼縫之助。

――体はでかいが、あの構えなら左には強くても、右端は死角になっている。

平七郎が九鬼の右に誘いをかけると、九鬼は素早く、一度右足を引いてやり過ごし、次の瞬間がむしゃらに、平七郎に飛びかかってきた。

「ふむ」

平七郎は飛びのくと見せてこれを躱《かわ》し、飛び上がって九鬼の頭上に刀を振り下ろした。

九鬼は、難なくそこに、音を立てて倒れたのである。

「立花殿」

もう一人の九鬼の配下の者を倒した鉄之進が駆け寄って来た。

「峰打ちだ」

平七郎が、刀を鞘にぱちりと納めたその刹那《せつな》、鉄之進が自身の刀を振り上げた。

「止めろ」

平七郎は鉄之進の胸元に飛び込んで、振り上げた鉄之進の腕をつかんだ。

「放してくれ。兄の敵を、おちせ殿の敵を討たせてくれ」

「裁きは法に任せるのだ」

「しかし」

「私恨で人を殺せば罪人となる。それより、この九鬼の悪行が明白になれば、おぬしの家の再興も叶うかもしれぬではないか」

「立花殿」

「そうしろ。もしもお家再興が叶ったならば、おちせも浮かばれる」

「……」

「後は俺に任せてくれ」

平七郎は、鉄之進にしっかりと頷いた。


「なんだが、寂しい光景ですね」

秀太がしみじみと言った。

平七郎と秀太は永代橋の中ほどに立ち、欄干に手を置いて隅田川の川上を望んでいる。

俄に吹いて来た春の風が、いっせいに桜の花を散らし、その花弁が、二人が立っている欄干にまで届きそうなほど舞い上がる。

花弁はまるで、狂ったように舞い、川面に落ちていくのであった。

おちせの切ない恋心が、桜の花弁に乗り移ったかのように見える。

「おちせも、奥村殿の家が再興となり、きっとほっとしたでしょうね」

秀太が呟く。

「うむ……」

「それに、父親の借金も、大黒屋と九鬼縫之助の結託が知れ、大黒屋も罰を受けたから、結局借金は棒引きとなっている」

秀太はまた呟く。

「うむ……」

「でも……おちせは、もういない。私は悲しいですよ、立花さん」

「うむ」

「でも、ちょっぴり見直したなあ」

「何を」

「立花さんですよ。私はあなたを誤解していたように思います」

「そうかな」

「私はあなたの下で、みっちり同心修行をすることに決めました。『黒鷹』と呼ばれて、綺麗どころにもてていたそうですね。源さんに聞きました。私もいつかそのような同心になりたいと思っているんです。そうだ……これから、平さんと呼んでもいいでしょうか」

「秀太」

「はい」

「平さんでも平の字でも好きに呼んでくれたらいいが、お前、少ししゃべり過ぎだぞ、静かにしろ」

平七郎は苦笑してみせると、散りゆく桜に、胸でそっと手を合わせた。

第二話　迷子札

一

白い霧が緑樹の間をゆっくりと流れていた。

空を仰ぐと、雲間を柔らかな陽射しが染め始めている。

「ふむ」

立花平七郎は、雨の上がったのを確かめてから、ゆっくりと呉服《ごふく》橋に足をかけた。

呉服橋西詰の御曲輪《くるわ》内大名小路には北町奉行所があり、平七郎は上役の大村虎之助に、定橋掛日誌を提出して退出してきたところであった。

相棒の平塚秀太は、先日江戸橋の袂《たもと》で荷車を引いていた雌牛が突然暴れ、東橋詰欄干《らんかん》の一部を壊したために、その修理の見積もりを御用達《ごようたし》商人に差配するために出向いていた。

——しかし、記録魔の秀太がいないと、上役とのやりとりも、どことなくのんびりとして気楽なものだな。

平七郎は苦笑した。

要するに虎之助も、平七郎に報告書について詳しく聞いたところで、要領を得ないと承知しているらしく、報告書を開きもせずに横に置くと、妻や子の自慢話をしたあげく、終《しま》

いには平七郎の義母里絵の美貌に、平七郎の亡き父がぞっこんだった話などを持ち出して時を過ごし、

「ご苦労。亡き父のためにも励めよ」

そう言って、定例の報告は、あっさりと終わったのであった。

虎之助も秀太がいなければ失言をして突っ込まれることもなく、上役としての緊張を強《し》いられることもない。

細微にわたって記録してくれる秀太の存在は、虎之助にとっても平七郎にとっても重宝な人間だが、あれでは少々窮屈ではないかと、平七郎は平素から思っている。

とはいえ、秀太がいればこそ、定橋掛の任務は失態もなく今日まで来ている。

このたびも秀太の案で、一石橋《いちこく》の南詰に『御知らせ柱』を立てたのは正解だったと、平七郎は秀太の発想の豊かさにはちょっぴり頭が下がる思いをしているのであった。

一石橋とは呉服橋から一町ほど北にある日本橋川に架かっている長さ二十七間（約四九メートル）ほどの橋である。

橋の由来はその昔、永楽《えいらく》銭の通用を禁止した時に、永楽銭一貫文と玄米一石をこの橋の袂に積んで取り替えたことから、一石橋と呼ぶようになったというのだが、それは遠い昔の話で、平七郎も秀太の調べで知ったようなありさまで、由来の真相は定かではない。

ただ、一石橋は江戸城を囲む掘割に沿う、日本橋川では最も城に近い橋で、江戸開府当時は外敵から城を守るための、戦略的にも重要な位置を占めていたに違いなかった。しかし、太平の世になってみると、川は諸国の物産を運び入れ、屋形船などで人を運ぶための水路となった。

橋の北側に広がる本石町《ほんこく》側河岸《かし》は屋形船の船溜まりになっている。ところが最近、夏場を迎えると不届き者が時折川に入って遊泳し、年に数人の溺死《できし》者を出すようになったため、橋の袂に注意書きを立てたのだが、これが意外と評判がよく、それもあって平七郎は秀太の案を入れて御知らせ柱を立てたのである。

すぐ近くの川下に、日本橋を望むこの橋は往来も繁く、迷子や行き倒れや、諸国からやって来た人たちが道に迷い、あるいは同伴者とはぐれて途方に暮れ、橋に佇《たたず》んでいたりする。

そのたびに定橋掛が出向くことになり、手を取られることもあって、御知らせ柱は苦肉の策で立てたものであった。

その柱というのは、一片一尺の四角い柱で、高さは五尺ほどの物である。

お知らせの紙を張る部分は、風よけや霧よけのために凹版に彫り込んであるのだが、やはり雨や強い風には、張り紙の字が判読できなくなったり、飛ばされて跡形もなくなっていたりする。

　それでも木柱がなかった以前に比べると、ずいぶん重宝しているようで、お知らせ紙の張られない日はないのであった。

　まだ設置して一月半《ひとつき》、どのような人が、なんの目的で紙を張るのか、定橋掛として大いに気になるところであった。

　平七郎は、呉服橋を渡り終えると足を北に向け、一石橋の袂に向かった。

「立花さん……」

　ふいに呼ばれて振り向くと、一石橋南詰の東角、日本橋川に沿って建てられた蔵屋敷の物陰から秀太が手招いていた。

「何をしているのだ、秀太」

　立ち止まって首を傾《かし》げた平七郎の腕を、秀太が飛び出して来て、物陰に引っ張った。

「しっ……今日も来てるんですよ」

　秀太が顎《あご》で前方の橋袂を差した。

　木柱の前にうずくまっている黒い影が見えた。

「爺《じい》さんか」

　尋ねるともなく見た御知らせ柱に、瘦《や》せた年寄りの背中が伸び上がった。

「今日で五日になりますよ。朝晩見回りに来て、お尋ねの紙が剝《は》がれていたり破損していたら張り替える。決まった刻限に必ず来ます」

「ふむ……」

秀太の説明を聞かずとも、平七郎も何度か見かけた老人だった。

老人は『まいごおたずね』の紙を張りにきているのであった。

まいごおたずね
もと大工《だいく》町じんろく店《だな》　おきよむすめおたま五歳

紙にはたどたどしい文字が躍っていた。

だが張り紙には爺さんの名は無かった。

雨が降ろうが風が吹こうが、朝晩決まった時刻にやってくるところをみると、おきよというのは爺さんの娘で、迷子になったおたまというのは孫娘であろうと、平七郎と秀太は見当をつけていた。

張り紙の苦労が報われればいい、早くおたまという娘が見つかればいいと、祈りにも似た思いで見詰めてきたのだが、どうやら何の手掛かりもないようだった。

この江戸では、迷子だけでなく捨て子が多い。捨て子と分かれば、その子を拾った町内は養育の義務が生じるため、親探しは重大な町役人の役目でもあった。

また迷子の場合は、親が町奉行所に届け出たとしても、迷子のためだけに動いてくれることは少ない。

いつだったか娘とはぐれた母親が、人さらいに遭ったと届け出たが、後になって役人を動かすための嘘だったということがばれ、その母親は大目玉をくらったという話もあるぐらいで、広いお江戸で親とはぐれた幼子を、捜し出すのは大変だった。

そこで、用心深い母親の中には、わが子に『迷子札』という楕円形の金物を首飾りのようにして掛けている者もいた。

札は一両小判ほどの大きさで、札には例えば『大工町甚六店《じんろくだな》、おきよ娘おたま』などと彫り込んであって、金物の一方に穴を開け、その穴に紐《ひも》を通して子供の首に掛けるのである。

――爺さんが尋ねる張り紙の女の子は、迷子札をつけていたのかどうか……。

爺さんは骨々しい手で張りつけた紙を、更に幾度も撫《な》でまわして押さえつける。

平七郎はその背を切ない目で眺めていたが、

「いかん」

爺さんが突然うずくまって腹を押さえたのを見て飛び出した。

「爺さん、だいじょうぶか」

走り寄って爺さんの背に手を置いた。

同時にびくっと背を緊張させた爺さんが、平七郎の手を避けようとして、よろめいた。

「爺さん」

驚いて呼びかける平七郎の顔を、すくい上げるように見たその視線には、一瞬、獲物を捕らえた時の動物が持つ、暗くて鋭いものが見受けられた。

爺さんは頬骨の立った、眼窩《がんか》の落ち窪《くぼ》んだ、年寄りとは思えぬ険《けわ》しい顔の持ち主だった。

だが、自分の顔を覗《のぞ》いている人間が、木槌《きづち》を持った橋掛同心と知るや、険しい表情を解いて苦しげな息を吐き、ぺこりと頭を下げた。

「病持ちか」

「へい」

「どこが悪いのだ」

平七郎が尋ねるが、爺さんは苦しそうに首を横に振るだけである。

「医者に診《み》てもらっていないのか」

「旦那……この年でさ……い、医者に診せるほどのものじゃねえ。死を待つばかりの老人でございやす」

「何をいうか。己一人のことではない。家族にとっても大切な体ではないか」

「家族はおりやせん」

「何」

「あっしは、身よりのねえ一人暮らしでございやす」

爺さんは寂《さび》しそうに笑ってみせた。

「腹に腫《は》れ物ができていますね。可哀そうですが、あの様子では長くは持ちますまい」

爺さんを診た医者、良庵《りょうあん》がそう言い置いて帰って行ったのは一刻（約二時間）ほど前のことだった。平七郎は爺さんを運び込んだ一石橋袂の船宿『江戸屋』の河岸から、橋桁《げた》を眺めながら、爺さんが目覚めるのを待っていた。

江戸屋は、一石橋の管理を任されている商人で、橋に異変があった時、すぐに平七郎たちに知らせるお役目を担っている。

平七郎は、爺さんの体を秀太と抱えるようにして江戸屋に運び、江戸屋の知り合いの医者を呼び、爺さんを診察させたのであった。

長くは持ちますまい……と言った医者の言葉が頭から離れない。

空を仰ぐと、すでに陽は天から降り注ぎ、川面も岸も、雨上がりの清々《すがすが》しい景色をみせていた。

「あの爺さん、体を張って、紙をはりに来てたんですね」

秀太は、そんな言葉を残して、また江戸橋に戻って行った。

「お役人様、お爺さんが目を覚ましました」

秀太が帰ってすぐに、船宿の小女が平七郎を呼びに来た。

急いで江戸屋の小部屋に走ると、爺さんは目を開けてきょろきょろしていた。

「爺さん、痛みはとれたか」

「これは旦那、お手数をかけたようで、申しわけござんせん」

「送って行くぞ、甚六店だな」

「いえ、一人で帰れますから」

「馬鹿を申すな。このような時はお互い様だ」

「それより旦那、治療代でございやすが……」

爺さんは困ったような顔をした。

「案ずるな。それもな、奉行所の公費で賄《まかな》うように手配した。つまりお前さんを、行き倒れ扱いにしたわけだ」

「旦那……」

突然、険しい眼の色が揺らぎ、瞬《また》く間に瞼《まぶた》に涙が膨《ふく》れ上がった。

「人間長生きはするものでございやすね、旦那。……死ぬ間際になってこのご恩、ありがとうございやす」

爺さんはちぃーんと鼻をすすった後、名を音蔵《おとぞう》と名乗ったのであった。

「身寄りはいないと聞いたが、だったら、あのお尋ねの女の子は、お前の知り合いか」

「へい。同じ長屋に住むおきよさんの娘でございやす」

音蔵の話によれば、音蔵は五年ほど前から甚六店に住まいして、日雇稼ぎをして暮らしてきたが、人相が災いして周りの人間は面には出さずとも音蔵を避けていた。

音蔵も、強《し》いて長屋の衆の輪に入ることもなく過ごしてきたが、寄る年波、たまには人恋しい時もある。

なにしろ、丸一日、誰とも話さない日がほとんどだった。

それというのも、請け負う仕事が、溝《どぶ》さらいだったり、庭の草むしりだったり、人と接触し、あるいは仲間同士で協力してやる仕事ではなかったからだ。

音蔵は、寂しさに耐えられなくなったら、同町にある『谷房稲荷』の境内入り口にある居酒屋『たる屋』に足を運んだ。

しばらく遠のいていた足が、酒を求め始めると、今度は財布がすっからかんになるまで通いつめるのが常であった。

「守らなきゃならねえ家族がいる訳じゃねえ。いっそのこと、酔っ払って堀にはまって死んだほうが、生きてる寂しさにくらべりゃあ、よっぽどいい……そんなことを考えましてね。年甲斐《がい》もなくへべれけに酔っ払っていた日があったんでございやすよ」

音蔵は布団《ふとん》から起こした体を、柄《がら》にもなく正座して、じっと聞いている平七郎の顔を見た。

「分からぬこともないな」

平七郎が相槌《あいづち》を打つと、ふっと音蔵は苦笑して話を継いだ。

ところがある晩のこと、足もともおぼつかなく、よろよろと家路に急いでいた音蔵の前に、突然立ちふさがった者がいた。

顔を上げ、酔眼の焦点を合わせると、おたまの手を引いたおきよが立っていた。

おきよは、音蔵の左隣に住む女で、半年前に引っ越してきたばかりであった。

口もきいたこともなかったが、おきよが娘の手を引いてどこかへ出かけるのを、音蔵は何度か見たことがあった。

　隣人といっても、それだけのつき合いだった。

「なんだなんだ……俺に何か用でもあるってのかい」

　ぎろりとして睨《にら》んだ音蔵に、

「隣のおきよです。音蔵さん、よかったらあたしの肩につかまってくださいな」

　おきよは、まるで父親にでもいうように言ったのである。

「おめえ、俺が怖《こわ》くねえのかい」

　音蔵は、きゅんと胸が締めつけられるほど嬉《うれ》しかったが、わざと恐ろしげな声で聞いた。

「怖いだなんて、お隣同士ではありませんか」

　おきよは言いながら、すいと音蔵の左腕を持ち上げて、自分の肩に抱え上げた。

　同時におたまという女の子が、音蔵の右手に回って、音蔵の右手をしっかりと握ったのである。

「さっ、帰りましょ」

　おきよは言い、ぐいぐいと音蔵の体を引っ張るようにして歩くのであった。

　おきよは、見た目より肉づきがよく、力があった。

音蔵はおきよに軽々と運ばれながら、一方で若い女の乳の蒸《む》れたような懐かしい匂《にお》いを嗅《か》ぎ、目も眩《くら》むほどの幸せを嚙《か》み締めていた。

音蔵がこの時幸せだと思ったのは、若いおきよの体に触れたという不心得なことではなくて、片方の手にぶらさがるようにして手を繫《つな》いでくれているおたまの存在が大きかったのである。

家族も身寄りもない音蔵が、一瞬だが味わうことのできた、家族の温かさ、それがそこにあったからである。

「いいから、放してくれ……」

照れ臭くて断わりの言葉を吐いていたが、まもなく、

「すまねえなあ、おきよちゃん」

感謝の言葉に変わった時には、音蔵の一方の手はおきよの逞《たくま》しい肩に抱えられ、一方の手は、搗《つ》きたての餅《もち》のように柔らかな、おたまの手の感触に、えもいわれぬ清新な感動を覚えていた。

「そういうことがございやしてね旦那。以後、あっしはおきよちゃん母子を、娘や孫のように考えてきたんでさ」

ところが五日前、留守番をしていたおたまが、帰りの遅い母親を迎えに出て、そのまま

行方知れずとなった。

方々、心当たりは探したが、いずこにも見当たらず、おきよは衝撃と失意のうちに、熱を出して伏せってしまったのである。

それでたまたま、一石橋袂に御知らせ柱が立ったのを知っていた音蔵が、毎日、お尋ねの紙を張りに来ることになったのだと言った。

「まったく、見当もつかねえんでございますよ、旦那」

音蔵は、こうしてはいられないのだと言い、腰を上げた。

「音蔵とやら、そのおきよだが、誰かに恨まれているというような話を聞いたことはないか」

「いいえ……」

音蔵は激しく首を振った。

「どこかの男に言い寄られているとかいう話は……」

「さあ……でも、そんな話、聞いたこともございやせん」

「おきよの勤めはどこだ」

「ここからそう遠くない品川《しながわ》町の小料理屋『牧村《まきむら》』だと聞いておりやす。昼すぎから夕刻まで調理場で下働きをしているとか」

「じゃあ、おたまはその間どうしているのだ」

「ぐずる時は連れていっていたようですが、機嫌のよい時は長屋の子供たちと遊んでおりやした。おたま坊がいなくなった日は、おきよちゃんの帰りが遅くて、それで長屋の外に出ていってしまったようで……」

「そうか……お前を家に送ったら、少しおたまの辿《たど》った道を当たってみるか」

「あっしはもう、大丈夫でございやす。それより旦那がおきよちゃん母子の力になって頂けるのでしたら、これほど有り難いことはねえ。どうか、よろしくお願えいたしやす」

音蔵は膝《ひざ》小僧を揃《そろ》えると頭を下げた。

二

「おきよ、お前はあの日、どこに出かけていた……牧村で聞いたところでは、お前はあの日の前日に牧村は辞めていたそうではないか」

平七郎は、布団の上で青い顔をして頭を垂れているおきよに聞いた。

音蔵から聞いていた、逞しいおきよの姿はそこにはなくて、立ち上がる力もないほどにやつれていた。

近所の者が運んできたのであろう粥《かゆ》と梅干しが、枕元の膳《ぜん》の上に置いてあったが、手つかずのままだった。

どうやらこの五日の間食事も摂《と》っていなかったのではないか、平七郎は表情を失ったおきよの頬を見詰めながら、牧村の女中頭が言った言葉がひっかかっていた。

平七郎が小料理屋牧村を訪ねたのは、昨日夕刻のことだったが、おつねというその女中頭は、忙しい時間を割《さ》いて平七郎を上に上げ、

「心配してたんですよあたし、お給金が少なくても、ここの調理場で働いていた方が安心だよって言ったんですけどね」

おつねは顔を曇《くも》らせた。

おつねの話によれば、おきよは金欲しさに、半囲《はんがこ》いと呼ばれる妾《めかけ》稼業に転身したのではないかというのであった。

おつねの推測では、相手は品川裏河岸に店を張る味噌醤油屋《みそしょうゆや》『山吹屋《やまぶきや》』の若旦那で佐七《さしち》。品物を納めにきた佐七がおきよに言い寄っていたのを、おつねは何度か見たというのであった。

半囲いというのは、近頃流行《はや》っている妾奉公の一種ではあるが、家を構えてもらって長期にわたってある一人の男の妾でいるというのではなくて、約束した日に出会い茶屋や船

宿に出向き、その男に会っている時だけ、その男の妾になるといった流動的な男女の約束事のことをいった。

男と妾の関係が一対一の場合もあるし、数人の男の妾となることも可能であった。収入は当然、小料理屋の調理場の下働きをしているよりは、数倍多くなる。金だけで換算する場合もあるし、人によっては米で換算する場合もあった。

平七郎は、すぐに佐七に会いに行った。

おつねの心配は的中していた。しかし佐七は、確かにその日におきよと約束していたのだが、おきよは出会い茶屋にはやってこなかったと言ったのである。

「私より手当てのよい男をつかまえたのかもしれません。もっとも、おきよはそんな女じゃないと思いたいですがね」

佐七は苦笑した。

だが佐七の顔には、だからおきよを困らせてやろうなどという考えはなく、男心が動いたことは認めるが、もともとは、健気《けなげ》に頑張っているおきよの姿を見て、なんとか力になってやれないものかと考えていたというのだから、佐七がおたまをどうこうするというのは考えにくい。

これで、佐七以外におきよと特別の繋がりがある人物がいないとなると、おたまの失踪は事件とは無縁の出来事で、府内のどこかで保護されているのかもしれぬと平七郎は考えた。

いずれにしても、おきよに自身のことを語ってもらわなければ、その見当もつけようがないのであった。

おきよは、平七郎が調べてきた話を俯いたまま聞いていたが、やはり何か語りづらくて考えているように見えた。

「言っておくが、俺は同心といっても橋廻りだ。事件を追っかける定町廻りではない。捕り縄の代わりに木槌を持っている同心だ。だから何をしゃべってもらっても余計な心配はいらぬぞ」

音蔵の必死の心情を察して動いているまでのことで、他意はないのだと告げた。

おきよはふいに白い顔を上げ、平七郎をじっと見た。

「佐七さんのいう通りです。あの時はわたし、おつねさんの親切な言葉も振り切って、佐七さんの半囲いの妾になろうと考えておりました。だって、おたまを抱えてお勤めするのは大変ですから……いっとき男の人と時を過ごせばお金になる。そう考えておりました。

佐七さんも嫌な人ではなかったから」

「しかし、約束の場所には行かなかったんだろ」

「はい。途中まで行って、やっぱり妾なんかしちゃ駄目だと……でもそうかといって、もう一度牧村に頼みに行くこともできません。それで、少しでもお給金のいい奉公先はないかと探していたのです……それで少し遅くなって、帰ってきてみると、おたまがいなくなっていたんです。わたし、罰《ばち》が当たったんですね。変なことを考えたわたしに、神様が罰を与えたのですね」

おきよは、顔を覆《おお》って泣いた。

「では、心当たりはないのだな」

平七郎が尋ねると、おきよは泣きながら首をこくんと振ったのである。

「よし、分かった。それならそれで、迷子として探せばいい。俺の知り合いに読売屋がいる。記事の端におたまの特徴を載《の》せてもらおう。手掛かりがつかめるかもしれぬ」

「ありがとうございます」

「しかし……なぜ、そんなに金が欲しかったのだ。親子二人の口すぎならば、妾などせずとも生活できるのではないか」

「ええ、でも……」

おきよは言い淀んで、だがふっと、途方に暮れた顔を上げると、

「借金があるんです」

小さな声だった。

「たくさんあるのか」

「五両ほどです。でももう、馬鹿なこと考えるのはやめます。一生かかっても、少しずつ返して行きます。おたまが帰ってきたら、質屋さんには、そのようにお願いしてみようと思っています」

おきよは、弱々しいが迷いのない声で、きっぱりと言った。

「ふむ、それがいい。それはそうと、おたまは迷子札は付けてはいなかったのか」

「付けていました。音蔵さんが作ってくれたのです」

「ほう……音蔵はそんな腕を持っているのか」

「ええ、わたしが働きに出ているものですから、用心のためにって……札には、甚六店、おきよ娘おたまと彫り込んでくれてました」

「そうか、俺も尽力してみよう。だからお前も早く病を治すことだ。お前に取りつこうとしている不幸の神を撃退するためにもな」

平七郎は、気の利《き》いた箪笥《たんす》一つもないがらんとした部屋を見回して、おたまが迷子札を付けていたとすると、なぜどこからも届けがないのだという不可解な思いに囚われていた。

第一この家を脅したところで、びた一文取れない筈《はず》だ。

身代金目当ての誘拐《ゆうかい》でないことだけは確かだった。

夕闇が迫ると一石橋の東詰めの船溜まりには、富裕な商人の旦那衆が綺麗どころの女たちを引き連れて、集まって来る。

ここから貸船の屋形船に乗り、隅田川に繰り出して、雪洞を灯した船の中で酒を酌《く》み交わしながら、川面の涼を楽しもうということらしい。

一夜、船を借り、女たちをはべらせて夕涼みをすれば、おきよが一生かけて払おうとしている五両などという金は、いっぺんに飛んでいくどころか、その費用の一部にしかならないだろう。

平七郎は、眼下に船を連ねて繰り出す商人たちを眺めながら、懸命に生きてきたおきよ母子に思いを馳せた。

おきよ母子に関わった以上、二人が幸せになってほしいと平七郎は願っているのである。

橋廻りが仕事だと割り切ることは、もはや出来なくなっていた。

昨日も、伏せっていたおきよを慰めて長屋を出た平七郎は、その足ですぐに読売屋のおこうを訪ね、尋ね人の文章を載せてくれるよう頼んでいる。

その読売は、昨日から府内のあちらこちらで売られた筈である。

後は反応を待つばかりだが、音蔵が御知らせ柱に紙を張りにこなくなったのが、少々気にはなっていた。

病状が悪化したのかと心配して、先ほど長屋に行ってみたが、音蔵は留守だった。

長屋の者に訊ねると、昨日から帰っていないということだった。

――音蔵はただ者ではないな。

平七郎が音蔵に抱いた最初の感想だった。

御知らせ柱の前に蹲《うずくま》っていた音蔵の背中に手を置いた時の反射的に動いた音蔵の体、平七郎を見上げた時の眼の鋭さ、いずれも犯罪に手を染めた者たちに共通するものがあった。

平七郎は、暗い川面に深い溜め息をついた。

俺は定橋掛の同心だ。

上役から『見ざる、言わざる、聞かざる』だと言われている。

だが、かつて定町廻りだった頃を体が覚えているのか血が騒ぐ。

いや、それより、目の前にあるおきよの難儀を見て見ぬふりは出来ぬと思う。

平七郎はここ数日、橋廻りは秀太一人に押しつけてきた。

有り難いのは、秀太が快く引き受けてくれていることだ。

ただ、秀太は、

「もしも、捕り物になったら、私も必ず加えてください」

口癖のように言い、眼を輝かせるのであった。

——秀太のやつ。

苦笑して、欄干から身を起こして南橋詰に渡り始めようとしたその時、

「平七郎様……」

名を呼ばれて振り返ると、群青色《ぐんじよう》の単衣《ひとえ》に瑠璃紺《るりこん》の帯を水木《みずき》に結んだおこうが後ろから渡って来た。

夜目にも浮き立つ妖艶な姿である。

「よう……何かいい知らせでもあったのか」

手を上げておこうを待つ。

「残念ながらそれはまだ……ただね、興味深い話があるの」

おこうは平七郎と並ぶと、ゆっくりと歩を進めながら、

「おきよさんの父親は、油屋だったそうですよ」

と言う。

「ほう」

「人形町《にんぎょう》通りに『豊島屋《とよしま》』という暖簾《のれん》をかけて商《あきな》っていたようです。でも今から十三年前に押し込みに入られて、両親を殺されたばかりか、お金もそっくり盗まれて、お店は潰《つぶ》れてしまったようです」

「……」

「おきよさんはその時十歳、その後は本所に惣菜の店を開いている叔母のもとで育ち、十八歳で植木屋の安吉《やすきち》という人と一緒になったらしいんですね。ところがこの安吉さんが、仕事先の松の木の剪定《せんてい》をしていて足を踏み外して落下し、運悪く下に落ちた時に手にあった鋏《はさみ》が刺さって亡くなったっていうんですよ」

「そうか……」

「それからは一人でおたまちゃんを育ててきたらしいのですが、あの五両の借金は、育ててくれた叔母さんが病気になってしまって、その時に、人参だウニコオルだと薬種問屋大坂屋から取り寄せた時に、お金を借りたらしいんです」

「よく調べたな」

「あの父の娘ですもの」

「しかし人参は分かるが、ウニコオルなんて薬があったのか」

「なんでも海の向こうで捕れる海獣の角を粉にしたもので、とても貴重なものらしいのね。叔母さんが病気になったのは安吉さんが元気な時だったというから、奮発したんでしょうね、きっと……無理したんですよ」

「おきよの不幸は、押し込みに遭ったことが始まりか」

「人ごとじゃないような気がします」

「うむ」

おこうの父親も、三年前に盗賊に殺されている。

それも、町方が駆けつけるのが遅かったために殺されたのは明白だった。

その失態を招いたのは、当時定町廻りだった平七郎たちである。

何度思い出しても口惜《くや》しい事件であった。

平七郎は、橋袂の常夜灯の前に立ったおこうの白い顔を正視できずに、その先にある覆い始めた暗闇に眼を遣《や》った。

その時だった。

薄闇の中から男がふいに現われた。

「秀太じゃないか、何かあったのか」

「おたまの迷子札が見つかりましたよ」

淡い灯の中に、秀太の得意げな顔が浮かぶ。

「どこで見つかったのだ」

「和泉《いずみ》橋の袂です」

秀太は言いながら、急いで札を袂から出して、

「ちょっと見てください」

常夜灯に寄り、その灯に迷子札をかざして平七郎に見せた。

札には『甚六店、おきよ娘おたま』とあった。

「これだ。間違いない。しかし和泉橋に落ちていたとはな」

「はい。実をいうと、私は今日は和泉橋に行ったのですが、野菜の荷車引きの多七《たしち》という人に会いまして、その者がこれを」

「その多七が拾ったのはいつだ」

「はっきりとはしないのですが、七日か八日にはなるようです。多七は毎日料理屋を回って野菜を納めているのだと言ってました」

「七、八日前というと、おたまがいなくなった頃ではないか」

「ええ、その男は、これを拾った時には、文字を書き直して自分の息子の迷子札に作り替

えようと考えていたようです。ところが、昨日野菜を運んできた時に、両国橋の袂で買った読売を見て、それで今日懐に迷子札を入れてきたようです。丁度私が橋の上を調べていたものですから……」

「しかし、おたまは五歳の女の子だ。和泉橋まで行くだろうか」

「時間をかければ、行けないことはないでしょう」

秀太は、ここぞとばかり意見を述べる。

「ちょっと待ってください。おたまちゃんは、おっかさんの勤め先にはたびたび一緒に行ってたんでしょ。おっかさんのところに行くには一石橋を渡って、次の通りを右に折れるってことぐらい、分かっていた筈じゃないかしら。それがどうして、和泉橋へ行くでしょうか。方角も違いますし、距離もずいぶん違います」

「おこうさん、おこうさんはじゃあ……おたまは人さらいに遭ったのではないかと」

秀太は緊張しておこうを見た。

おこうも緊張した顔で頷《うなず》いて、

「おたまちゃんはさらわれたのです。私はそう思います。さらわれて行く途中で、つまりね、和泉橋の袂に迷子札が落ちた……」

平七郎をきっと見た。

「うむ」

平七郎はこの時、音蔵の行方が知れなくなったことと、おたまの失踪との関わりを考えていた。

音蔵は、先日この橋の袂の船宿で、おきよ母子をよろしく頼むと平七郎に頭を下げた。

おたま探しが行き詰まって、音蔵は同心の平七郎におたまの安否を託したのである。

あの時、心の底からおたまを案じている音蔵の気持ちが、平七郎にもひしひしと伝わってきたのを覚えている。

その音蔵が、平七郎にも、おきよにさえも何も告げずに家を出たまま戻らないことに、平七郎は不審を抱き始めていた。

――どこにいるのだ、音蔵……。

平七郎は、厳しい顔で闇を睨《にら》んだ。

三

その頃音蔵は、闇の動きを肌で捕らえながら過ぎた時間を追想していた。

俄《にわ》かに涼風が忍び込み、夜の帳《とばり》を密《ひそ》やかに打ち始めたのは、つい先刻、五ツ頃ではなかったか。

手は後ろ手に縛《しば》り上げられ、両目は手拭いで塞《ふさ》がれて、しかも柱に体を縛りつけられ、身動き出来ない状態だが、老いているとはいえ、緊張の切れることはない。

——とにかく、おたま坊の無事を確かめねば……。

疲労した音蔵の心身を支えているのは、その一点だった。

思い起こせば、昨日昼過ぎのことである。

音蔵は立花平七郎が持たせてくれた薬のおかげで、腹の痛みもとれ、おたまを探しに長屋を出た。

まず初めに、一石橋袂の御知らせ柱に張りつけてある、お尋ねの紙を確認するため橋袂に立ち寄った。

お尋ねの紙は、一方が糊《のり》がはがれて風に靡《なび》いていたものの、まだしっかりと柱にしがみついていた。

音蔵は懐から糊を出し、剝がれている一方を張りつけた。

祈るような気持ちで紙を押さえて、その場を立ち去ろうとしたその時、

「とっつぁん、久し振りだなあ」

背後で聞き覚えのある声がした。

――彦助《ひこすけ》……。

ゆっくりと顔を回すと、青白い顔をした痩せた男が、懐手に近づいて来た。

「てめえ、何しに帰ってきやがった」

音蔵は、両足を踏ん張って見迎えた。

「ごあいさつだな、とっつぁん。そろそろほとぼりが冷めた頃じゃあねえかと思ってよ」

「そうかい……勝手にやるがいいさ。だが、俺にはもう近づかないでくれ」

音蔵は彦助の横をすり抜けようとした。

だが素早く彦助は体を動かして音蔵の前に立ちはだかった。

「相談があるんだ。乗ってくれねえか」

「断わる。退《の》け」

「へっへっへっ、いいんですかい」

「俺は、五年前に足を洗った。おめえたちにはもう、ついていけねえと言ってある」

音蔵は険しい顔で睨み返した。

彦助という男は、五年前まで音蔵と押し込みを働いていた仲間であった。

彦助の他にも、仲間と称する男は二人、一人は粂蔵《くめぞう》といい、もう一人は、頭《かしら》格で益五《ますご》郎《ろう》という浪人だった。

総勢四人は、長年押し込みで糊口《ここう》を凌《しの》いできたわけだが、音蔵が一味に加わっていたのは、押し込みはしても人は傷つけないという鉄則があったからだ。

ところが五年前の春、向嶋《むこうじま》にある呉服屋の隠居の家に押し入った時、音蔵が制したにもかかわらず、益五郎は隠居を斬り殺し、同居していた女中まで斬ったのである。

そうまでして盗んだ金は五十両。音蔵は人を殺《あや》めたことに腹を立て、分け前の金を受け取らなかったのはむろんだが、その時、今後は一切の縁を切ると断言して別れている。

押し込みをして人を殺《あや》めれば奉行所の探索は厳しくなる。

案《あん》の定《じょう》益五郎たちは、住家を突き止められて、這々《ほうほう》の体《てい》で上方《かみがた》に逃げたのであった。

——こんなことをしていてはいけねえ。老い先短い人生を、せめて最後はまっとうに生きて死にたい。

音蔵は、それですっぱりと裏の稼業から足を洗ったのであった。

まさかまた昔の仲間が、老いぼれの自分を誘いに来るなどと、考えてもいなかった音蔵である。

——俺は昔の俺ではねえ。今は守りたいものがある。

おきよやおたまに巡り逢い、温かい家庭の真似事をして、小さな幸せを嚙み締めている音蔵である。

また、自分の人生の中で奉行所の同心に人情をかけてもらうなどという、思いもよらなかった温情をもらって泣いたばかりの音蔵である。

これからは、自分に心を寄せてくれた人たちのために、期待を裏切らずに生きていきたい。

そんな強い決心をしたところであった。

昔の仲間の顔など、夢にも見たくない心境だった。

「退きなと言ってるのが、聞こえてねえのかい」

音蔵が再び彦助の側をすり抜けようとしたその時、

「おたまの命、どうなってもいいんだな」

斬りつけるような言葉が返ってきた。

「何、おたまだと」

「そうだよ。あんたが孫娘のように可愛がっているおたま坊さ」

「おめえがおたま坊を……」

「預かっている」

「……」

「俺は反対したんだが、頭がそうでもしなくちゃ、とっつぁんは仲間には戻らねえ、そういうもんだからよ」

「おたま坊はどこにいる」

「姉さんが面倒みてる。案じることはねえ」

「姉さん？」

「頭が上方から連れてきたお人だ。おたまはその人のところにいる」

「てめえ……」

音蔵は、思わず彦助の胸倉を引っぱって、

「会わせろ、おたま坊に」

ぐいと睨んだ。

「よしなって……おたま坊はよう、仕事を終えた時にけえしてやれって、それが頭の考えだぜ。俺にはどうしようもねえやな」

「俺をなめるんじゃねえぜ、彦。おたま坊の無事を確かめてから話をしようじゃねえか。それも出来ねえっていうんなら」

音蔵は、すっと右手を懐に差し入れた。

「おめえと刺し違えてもいいんだぜ」

持ってもいない匕首《あいくち》をつかむ真似をする。

「おっと……分かった、分かったよとっつぁん、じゃあ、こうしようじゃねえか」

彦助がそこで出した条件というのが、一味が足掛かりにしている小屋で、おたまを連れて来るのを待ってはどうかというのであった。

音蔵は押し込みの時、細い金具一つで金箱や蔵の鍵を、呼吸を二、三度する間に開けていた。

音蔵が加わらなければ仕事は荒くなり、人を殺めずして金品を手に入れることは難しく、再び江戸を追われることになりかねない。

頭の益五郎がそんなふうに考えて、音蔵の言い分を聞き捨てにはできないことを音蔵は承知していた。

彦助も同じようなことを考えていたらしく、音蔵の条件を呑んだのである。

二人は連れ立って、柳原《やなぎわら》土手に立った。

土手には青草が茂り、背の低い音蔵など、丈の伸びた茅《かや》の中に突っ立つと、首のあたりまで茅の葉で覆われた。

音蔵は彦助の後に従って、茅を分けて土手下に進み、昔お救い小屋だった朽《く》ちた小屋の前に立ったのである。

場所は、和泉橋から柳森《やなぎもり》稲荷の丁度中間地点かと思われた。

彦助は用心深く辺りを見回した後、

「おい、俺だ」

中に声をかけると、板戸が開いて、男が顔を出した。

粂蔵だった。

音蔵は粂蔵を一瞥《いちべつ》して、中に入った。

朽ちている筵《むしろ》が数枚、土間に立てかけてあるだけの、がらんとした小屋である。

「ここで待つのか」

「そうだ。だがとっつぁん、すまねえが縛《しば》らせてもらうぜ。俺が頭に連絡に行ってる間によ、とっつぁんに逃げられたり、たれ込まれたりしちゃあ、俺たちは終わりだからな」

彦助はそう言うと、音蔵の手足を縛り、柱にくくりつけ、目隠しをして、

「粂、俺が戻るまで表で張ってろ」

粂蔵を外に押し出すと用心深く戸を閉めて、かさかさと茅を分けて彦助は遠ざかった。

あれから一日は経っているだろうか。

——いつまで待たせやがる。

痺《しび》れた腰を一方にぐいっと動かした時、戸口で人の気配がして、数人が入って来た。

「目隠しを取ってやれ」

頭の益五郎の声だった。

「とっつぁん、取るぜ」

粂蔵の声がして、同時に両目を縛っていた手ぬぐいが払われた。

提灯《ちょうちん》の輪が一つ、ぼんやりと音蔵の眼に映った。

焦点を合わせると、提灯のまわりに三人の男の影がある。

だが、おたまの姿はそこにはなかった。

「おたま坊は？……騙したのか」

「とっつぁん」

彦助が近づいて来て、赤い鼻緒の草履を音蔵の前に置いた。

「お、おたま坊……」

「この時刻だ。おたまをこんなところに連れてくる訳にはいかねえだろ。でよ……とっつぁんを今からおたま坊のいるところに案内するってお頭がいっている。但し、約束を先にしてもらわねえと、連れて行く訳にはいかねえ。とっつぁんもここで死んでもらうし、もちろんおたまも殺す」

「ずいぶん用心深いじゃねえか」

「とっつぁんの好きにすればいいんだぜ」

「分かった。おたま坊の命には代えられねえ。その代わり、俺の条件も呑んでもらうぜ」

「条件……何だ、言ってくれ」

「おたま坊の命だ。他にはねえ」

「よし、いいだろう。もし、約束を違《たが》えたら……分かっているだろうな、とっつぁん」

切れ長の眼の、ぬめりとした顔の益五郎が腰を落として音蔵の耳元に囁《ささや》いた。

音蔵は息を呑《の》んだ。

昔は感じ得なかった不気味な殺気を益五郎はまとっていた。

音蔵の知らない五年の間に、益五郎たちが上方でどんな仕事をしてきたか、音蔵は想像してぞっとした。

「まむしの音次郎《おとじろう》……音蔵の昔の名は音次郎だというんだな」

平七郎は、通油町の読売屋『一文字屋』の仕事場に上がるなり、おこうの言葉に驚いて聞き返した。

「ええ、音蔵さんにおたまちゃんのこと、聞きたくて会ったでしょ。あの時、どこかで見たことがあるような気がしていたのです。それで調べてみたら、ここに保存している綴《つづり》の中にあったんですよ。辰吉、あれ、持ってきてくださいな」

おこうは、少し離れた場所で、読売を刷っている辰吉に声をかけた。

辰吉はすぐに棚から二枚ものの読売を持って来た。

読売もこの頃は、一枚ものの刷りばかりではなく、火事や地震などの大きな被害があった時には、二枚もの、三枚ものの読売を出していた。

一枚ものは五文ほどだが、二枚もの、三枚ものになると、一部十文から十五文となり、紙代のことを考えても、二枚刷り三枚刷りの方が利が大きかった。

一文字屋は父の代から、極力丁寧《ていねい》な詳しい記事を載せるために、二枚もの三枚ものの読売が多かった。

音次郎のことを書いてあるのは二枚もので、五年も前の刷りだった。

一枚目には、向嶋の隠居屋敷が押し込みに遭い、隠居も女中も殺されて、金箱にあった五十両が盗まれたという記事だった。

二枚目は続編で、奉行が一味として推定しているのは、まむし一家と呼ばれる盗賊たちで、その中に鍵荒らしの音次郎という名の男がいるのではないかと、その似顔絵を添えてあった。

似顔絵は、それまでに押し込みに遭った者たちの記憶をたどって書かれたものだが、音次郎の眼の窪みと、音蔵の眼の窪みが非常に似通っていた。

五年前の音次郎の年齢は推定五十歳と書かれてあるが、音蔵の今の年齢はおそらく五十半ばから六十歳、年齢も近い。

それがおこうの推測だった。

――なるほど、似ている。

平七郎は、手渡された昔の読売にある似顔絵を見て、思わず唸《うな》った。

「一味は捕まってはいないのだろう」

「ええ、その時の当番奉行所は南の御奉行所だったそうですが、頭目とされていた浪人の住まいに走った時には、一味は逃げた後だったと父は後に記しています」

「ふむ……」

「一味はどこに逃げたと思います？」

「上方か」

「ええ。平七郎様にお話ししたことがあると存じますが、京都の読売屋『大文字屋《だいもんじ》』というちは互いに飛脚を使って、売り出した読売や、東西にわたる事件の成り行き、それに天災飢饉《ききん》のたぐいをやりとりしています。それによると、ここ五年の間、京大坂で押し込み先の住人を、少しでも抵抗すれば必ず斬り殺す盗賊が出没しています」

「ふむ。すると、その奴らが、この江戸から逃げたまむし一家だというのだな」

「そうです。但し、上方では、いずれも金箱や蔵の鍵は、押し込んだ先の人間に開けさせていますから、上方には音次郎という人は行かなかった……音次郎はこの江戸にずっと住んでいたと思われます」

「それが音蔵か……」

「はい」

「音次郎が音蔵とな……」

平七郎は立ち上がった。

「あら、もうお帰りになるんですか。お夕食、ご一緒にと思っていましたのに」

「おこう、おまえさんの手料理なのか」

「ええ、お吸い物は私、あとはお増《ます》さん」

お増とは、通いの賄《まかな》い婦のことである。

「ほう、お吸い物がつくれるようになったのか」

「いやな人、お吸い物ばかりじゃございません。何でも、お好みのものがあればつくってさしあげます」

「怖い物見たさに頂きたい気持ちもあるが、まっ、次にしよう」

「意地悪。もうお誘いしませんから」

おこうは、膨れてみせた。

そのしぐさが殊《こと》の外艶《ほかあで》やかに見え、平七郎はどきりとしたが、

「怒るなって、俺もたまには秀太を労《ねぎら》ってやらねばな。橋廻りをずっと押しつけている詫《わ》びもある」

平七郎は片手を上げると、苦笑を返して一文字屋を後にした。

四

「平さん、いいんですかね。ここ、吟味方筆頭与力格、一色様の部屋でしょ。黙って入って、しかもお茶、勝手に飲んで……」

秀太は平七郎が、楊枝《ようじ》を使いながら、側にあった茶器を引き寄せ茶を飲んだのを見て、咎《とが》めるような口振りで耳元に囁いた。

そう言いながらも、秀太は落ち着きなく辺りを見渡して、これから平七郎が何をしようとしているのか、不安げな表情をみせていた。

「いいから、お前も、お茶、頂け」

平七郎は、秀太の膝前に一椀の茶を入れて置いてやる。

「私は結構ですよ。こんな部屋で、お茶頂いてもおいしくありませんから」

「食後の一服だ。茶を飲まずば昼飯がまだ喉につっかえているようだと思わんか」

「それとこれとは……場所柄をわきまえてください」

「楊枝は」

「いりません。やめてくださいよ。私は平さんと違いますから」

秀太は、小声で言い、平七郎を睨んで見せた。

二人はつい先刻、定橋掛与力大村虎之助に報告書を提出し、久方振りに大村のおごりで外からとった弁当とは名ばかりの昼食を、男三人でぼそぼそと食べ、定橋掛詰所の小部屋を退出してきたところであった。

定橋掛の詰所は奉行所の納戸の側にある。

一番奥のその小部屋から、廊下を渡って玄関口に引き揚げて来るその途中で、突然平七郎が思い出したように足を止めたのである。

「ちょいと寄ってくか」

平七郎が事もなげに顎で差したのは、あろうことか筆頭与力格の一色弥一郎の部屋だった。

「この部屋は、一色様の部屋ではありませんか」

訝《いぶか》しく尋ねる秀太に、

「いや、ちょっと頼みたいことがあってな」

平七郎は、つかつかと部屋に入った。

だが、一色の姿も配下の同心の姿も部屋にはなかった。

「しばらく待つか」

そう言って座り込んだのだが、秀太の目には、平七郎の態度はあまりにも傍若無人《ぼうじやくぶじん》に映ったようで、内心落ち着いてはいられないといった様子であった。

「うまい。いい茶だ」

平七郎がうまそうに、秀太の分まで喫した時、廊下に面した戸がすらりと開いた。

「これは一色様。お久し振りでございます」

さすがの平七郎も、膝を直して畏《かしこ》まる。

「立花か……なんの用だ」

驚愕した顔をみせたのは一色の方だった。

だが、一色が引き連れて入って来た同心二人は、冷ややかな眼を平七郎と秀太に投げた。

二人の同心は立ったまま、小馬鹿にするようにせせら笑うと、

「へえ、橋廻りのお二方が何の用だか……ここは橋の吟味をするところじゃあありませんよ」

座っている平七郎と秀太の前に突っ立って見下ろした。

「平さん……」

秀太は、平七郎に視線を投げると、唇を噛んで俯《うつむ》いた。

「ほう……これが木槌ですか。なるほどね」

二人の同心は、屈辱に震えている秀太をにやりと見て、秀太の膝横に置いてあった木槌を取ると、床をこんこんと鳴らして、面白そうにくすくす笑った。

「一色様。一つお願いがございまして」

平七郎は、わざと大きな声で、青くなって見据えている一色に手をついた。

「貴様、橋廻りの分際でなんだ。願い事など厚かましいぞ」

同心の一人が腰を落として詰め寄った。

まるで邪魔者扱いである。

「まあ待て」

一色は配下の同心を制すると、

「分かった。聞いてやる」

あっさりと平七郎の頼みを受けたのである。

「お前たちは部屋を出なさい。そこの若いのも、出ていくのだ」

一色は、与力然として胸を張った。

「すまんな。外で待っててくれ」

平七郎は秀太に言い含めると、秀太が一色配下の同心たちと外に出ていくのを待ち、改めて一色に顔を向けた。

「ところで何だ」

一色は憮然《ぶぜん》として言った。

「一色様に調べて頂きたいことがあります」

「何、私に調べてくれ……」

「はい。例繰方《れいくりかた》に立ち寄ったのですが、私は橋廻りですから、忙しいとかなんとか言われまして体《てい》よく追っ払われてしまいました」

「ふむ」

「一色様なら、なんということもないでしょう。何しろ、今は吟味方与力筆頭格」

「嫌味か」

「いえ、そのような……ただ、私も同心の端くれです。橋廻りではありますが、確かめたいこともございます。ですから是非……いや、やって頂きます」

平七郎は、きっと見詰めた。

「脅すのか」

「いえ、そんなつもりはございませんが、もし、そうとられるのなら、それでも結構です」

一色の顔が硬直した。だがすぐに、見たこともないような相好《そうごう》を崩した顔で、

「分かったよ、分かったから、そんなに怖い顔をするな」

一色は、辺りを見回して、そして平七郎の側に這うようにしてにじり寄り、平七郎の手をとった。

「私は感謝しているのだ。立花、お前のことを忘れたことはないぞ」

「そうですか。私は、一色様の態度如何《いかん》でどうにでも、そう考えております」

平七郎は苦笑してみせた。

おこうの父親一文字屋総兵衛の死は、一色に責任がなかったとは言わせない。

その真実を握っているのは、平七郎だけである。

これまで奉行所内で出会っても、知らぬ顔をして平七郎を一瞥もしなかった一色が、ここにきてやっと自分の非を、人知れずではあるが認めたのであった。

「私の願い事が無理だとおっしゃるのなら、私にも考えがございます」

平七郎は念を押す。

「またまた……あのな、あの時お前に責任をなすりつけたのは悪かったと思っているぞ……そりゃそうだろう、そのためにお前は橋廻りに回されて、そして私は」

「与力筆頭格に出世しました」

「立花……あの時はああして話をおさめるしかなかったのだ。お前だって言ったじゃないか。この失態は俺の失態、俺の責任ですと」

「ですから、私は昔のことをどうこう申してはおりません。調べてほしいことがあるとお願いしましたら嫌な顔をされる。それで」

「わかった。以後、お前に協力すると約束しよう。ただし、人の目に触れぬように頼む」

「承知しました。二言なく」

「一色弥一郎、嘘はつかぬ」

一色はことさらに力を入れて言い切った。

一色の頭にあるのは立身ばかり、平七郎から見れば顔をそむけたくなるような変わりようだが、そこはそれ、平七郎は一色の眼をしかと捕らえて頷いた。

「平さん、ここですね」

秀太は、紙片に記してきた文字と、瀬戸物『日吉屋《ひよし》』とある店の看板を確かめると、振り返って平七郎に頷いた。

場所は諏訪《すわ》町、浅草御蔵《おくら》の北方に位置する隅田川に面した町で、春は桜、夏は柳、秋は紅葉を川岸に眺めることのできる、風光の優れた所であった。

もう少し北に向かえば、隅田川に架かる四大大橋の一つである吾妻《あづま》橋がある。

浅草御門から突き通しに続いているこの大通りは、平七郎も秀太も橋の点検で年に何度も行き来していて知らぬ道筋ではない。

そういえば、この瀬戸物の店も横目で眺めて通り過ぎていたような、淡い記憶は確かにあった。

「ふむ……」

平七郎は、軒先から店の奥まで並べられている瀬戸物をざっと眺めて、さて、主にどう切り出したものかと考えていた。

実は平七郎が今日昼過ぎ、一色に協力を仰いで調べてもらったのは、五年前の押し込み一味の一人として挙がった音次郎の素性だった。

読売屋の一文字屋おこうに、音次郎が甚六店の音蔵ではないかと知らされた平七郎は、音蔵が人知れず姿を隠したことと、おたまの一件は無縁ではないのではないかという疑いを持った。

音蔵の過去を知り、音蔵の行方を追うことこそ、おたまの居場所を知る最善の道だと考えたのである。

それはかつて『黒鷹』と呼ばれていた頃の、定町廻りでならした同心の勘だった。

そこで平七郎は、音蔵の昔を調べようとして例繰方に行ったのだが体よくあしらわれ、一色にその調べを頼んだのであった。

はたして一色は、幾《いく》らもたたぬうちに一味の詳細を記した控え帳を持ち、部屋に戻ってきたのである。

それによると、音次郎という鍵開け役を担っていた男には、別れた妻子がいたことが判明した。

女房の名はおつや、子の名は初太郎《はつたろう》とあった。

ただ女房のおつやは、音次郎が盗みの一味に加わってまもなく他界し、一人息子の初太郎は、おつやが他界してまもなく、十歳にして瀬戸物商の日吉屋に奉公し、長じて日吉屋の一人娘おこよの婿《むこ》となり、現在はそこの主となっていると記されていた。

ひょっとして息子の初太郎ならば、父親の行方を知っているかもしれぬ。

秀太を連れて奉行所を出た平七郎は、その足でまっすぐここにやって来たものの、幸せに暮らしているであろう初太郎に辛《つら》い思いをさせてはと、ひととき躊躇《ちゅうちょ》したのであった。

とはいえ、おたまの命がかかっている。

「ごめん」

戸口から声をかけると、奥から三十半ばの男が瀬戸物を手に愛想を蓄えて出て来たが、平七郎たちの姿を認めた途端、男は堅い表情を作って立ちすくんだ。

体軀は骨太で背が高いが、目の窪み具合は音蔵にそっくりだった。

「主の初太郎だな」

平七郎は奥を気遣いながら、小さな声で男に聞いた。

「さようでございます」

「ちょっと聞きたいことがあるんだが」

平七郎が踏み込もうとした刹那《せつな》、初太郎は奥に視線を走らせると、慌てて平七郎を店の外に出し、

「親父のことですか」

険しいが小さな声で聞いた。

平七郎が無言で頷くと、

「ちょっと、困ります」

平七郎の腕を引くようにして、近くの路地へ誘い入れた。

「私はもう、親父とは無縁です。親でも子でもありません。何をお聞きになりたいのか存じませんが迷惑です。どうぞお引き取りくださいませ」

早口で言い、きっと見た。

「一つだけ教えてくれ。最後に会ったのはいつだ」

「もう十年以上も前でございます」

「何……同じ江戸に住んでいるのに、会っていないとな」

「二度と会いたくない、訪ねてくれるなと引導を渡しましたから」

「お前の気持ちも分からない訳ではないが、ずいぶん冷たいじゃないか」

「私とおっかさんは、あの男に捨てられたんですよ。あの男の血がこの体に流れている。私はそれだけで悔しい思いをしているのでございますよ」

初太郎の話によれば、若い頃の音次郎は腕のいい錺《かざり》職人だった。

母は品川の大きな百姓の娘だったと聞いている。

音次郎が母の実家の指物《さしもの》を預かって、飾りを施《ほどこ》したのがきっかけで、二人はいい仲になり、駆け落ちして中ノ橋の南詰、南紺屋《みなみこんや》町の裏店に家を構えた。

ところが初太郎が八歳の時、音次郎は世話になっていた親方と諍《いさか》いを起こして府内の仕事が出来なくなったのである。

音次郎は荒れた。

酒を飲み、賭博《ばくち》に明け暮れ、そしてやがて盗賊の一味に加わった。

幼い初太郎には、父親が何をしているのか分かる筈もなかったが、母が苦労していたことだけは子供心にも分かっていた。

やがて過労のために母は病の床につき、まもなく死んだ。

初太郎は父と二人だけの、寂しい生活を送ることになったのである。

だが音次郎は、夕刻になると初太郎一人を残して夜の闇に消えた。

初太郎は寂しさと心細さのために、たびたび父の後を尾《つ》け、父が中ノ橋を渡って行く姿を何度も泣きながら見送った。

後で知ったことだが、音次郎はこの頃、ある晩は賭博に通うために中ノ橋を渡り、ある晩は押し込みの仕事をするために中ノ橋を渡って行ったのである。

「子供を養うために、やむにやまれず盗みをしたというのならまだしも、あの男は、博打の金欲しさに盗みの一味に加わっていたのでございます」

「そうかな。確かにそれもあったろうが、奉行所の記録には、お前のおとっつぁんは、お前やおっかさんのために、盗みに加わったらしいと書いてあったぞ」

「分かるもんですか」

「いや、お前のおっかさんがかかっていた町医者の証言もある。音次郎が金に糸目はつけないからといい、ずいぶんと高い薬を施した覚えがあるとな」

「まさか……私が見た父親は冷たい人でした。私は子供心に、橋を渡って行く父親の後ろ姿を見て、ああ、あの橋さえなければと……そんなことを考えたこともございましたよ。ですから、このお店に奉公に出された時も、内心ほっとしたものです」

「うむ……しかし救われぬ話だな。お前にとっても親父さんにとっても」

「あの男については身から出た錆《さび》でございますよ。あの男がこのたび、何をしでかしたか存じませんが、どうか捕まえて、存分に処罰を加えてくださいませ」

「初太郎」

平七郎は険しい顔で、初太郎をじっと見た。

「音次郎はな、今は足を洗って音蔵と名乗っている」

「へえ、そうですか」

初太郎は、だったら何の用があって来たのだという訝しい顔をしてみせた。

「お前がこの世で一番憎んでいる父親が、長屋の隣人の幼い娘を救うために奔走《ほんそう》していた。ところが、その音蔵まで行方知れずになったのでな、何か足取りの一つもつかめぬものかと思ったのだ」

「まさか、信じられませんね」

「音蔵の居場所が知れれば、ひょっとして娘の命も救われるのではないか。まあ、俺の勘だが、そう思って探しているのだ」

「あの男が人助けを……」

初太郎は、言うともなしに一人ごちた。

「しかもな。音蔵は病を押してのことだ。医者の診立てでは音蔵の命はあと僅か。秋までは持つまいといわれている」

「……」

「お前の話を聞いて分かったことだが、音蔵はおたま坊に、おたまというのは探している女の子のことなのだが、幼い頃のお前さんを重ねていたのかもしれぬな」

初太郎は呆然として一点を見詰めていたが、

「あの男が死ぬ……早く死んでくれればいいと思っていたあの男が……お役人様、あの男は、馬鹿な男です」

突然、初太郎は声を震わせると俯いた。

「初太郎……」

「お役人様……実は、実は昔の知り合いだという人が、十日ほど前に私を訪ねてきたのです」

「何……それで」

「私は、あの男がどこに今住んでいるか知っておりました。元大工町の甚六店に、日雇仕事をして一人住まいをしていることを知っておりました」

「……」

「まさかそんな事件に関わっているとは知らず、寂しく暮らしている親父を訪ねていってくれるのならと、親父の居場所を教えました」

「どんな男だったのだ」

「男は二人でした。名は名乗りませんでしたが、一人の男が青白い顔をした男に『彦さん』と呼んでいました」

「そうか……」

間違いない。

音蔵の昔の仲間に彦助という男がいたことは、奉行所の手控え帳に記してあった。

おそらくもう一人は粂蔵だと、平七郎は確信した。

昔の仲間が音蔵の居場所をつかんだ頃と、おたまがいなくなった時期が一致したことになる。

――やはり奴らは、音蔵を仲間に引き入れるために、おたまをさらったに違いない。

「平さん、平さんの勘が当たりましたね」

それまで黙って二人のやりとりを聞いていた秀太が憧憬《しょうけい》の眼で平七郎を見詰めて言った。

「あの男を……親父を、よろしく……」

初太郎は、憎み切れない父への思慕に震えていた。

五

「おたま坊が帰ってきた……いつだ」

平七郎はおこうに聞き返した。

聞き違いかと思ったほどだ。

日吉屋の初太郎に会った後、秀太を連れておたまの迷子札が落ちていた和泉橋で聞き込みをし、役宅に帰ってきたところであった。

おこうが駆け込んで来て、おたまが帰ってきたと告げたのである。

「つい先ほど、おきよさんから連絡があったんですよ」

「怪我《けが》は」

「無事帰ってきたという伝言ですから……とにかく、先に平七郎様に知らせなくてはと思ったものですから」

「よし、すぐに行こう」

「はい」

二人は踵《きびす》を返すと、役宅を出た。

焦る気持ちが無言で足を急がせる。

町は、慌《あわ》ただしい人の行き来とともに、夕闇がすぐそこまで迫っていた。

二人が元大工町の甚六店に着いた時には、陽は西の彼方に姿を消して一帯は薄墨色に包まれていた。

「おきよ……」

家の戸を開けると、竈《かまど》の火の具合を見ているおきよにくっついて、おきよの前だれをしっかりとつかんでいる愛らしい女の子の姿が目の中に飛び込んで来た。

「立花様」

おきよは平七郎を見迎えると、上がり框《かまち》がある板の間まで膝を寄せて来て深々と頭を下げた。

おきよが膝を少しでも動かすと、稚児髪の女の子もおきよから片時も離れまいとして、前だれを握り締めたまま一緒に移動してしがみついているのであった。

「おたまちゃんね」

おこうが微笑みを湛《たた》えて呼びかけても、

「おっかさん……」

女の子はおきよの胸に、泣きだしそうな顔を埋めた。

「いろいろとお世話になりました。おたまが無事帰ってきたのは皆様のお陰です。本当にありがとうございました」

おきよはおたまの頭を胸に抱えたまま、喜びに溢《あふ》れる顔で二人に深々と頭を下げた。

そうしておきよは、自分の胸で震えているおたまに、

「おたま……この人たちがお前を助けてくだすったんだよ。ちゃんとお礼をいいなさい」

自分の体からおたまをはぎ取るようにして言い聞かせると、おたまは恐る恐る母の顔を見上げた後、母の胸にしがみついたまま、顔を平七郎とおこうに回した。

目の黒々とした、桃のような頰をした女の子だった。

「ありがとう」

おたまはぼそりと言い、また母の胸に顔を埋めた。

まだ長い恐怖から脱し切れないようだった。

「おきよ、おたまは、いつ、どんな形で返されて来た。音蔵が連れ帰ってきたのかな」

「そのことですが……」

おきよは、平七郎とおこうに、上がり框に腰を据えるよう勧めると、

「突然おたまが帰ってくるって知らせてくれたのは、音蔵さんでした」

きつねにでもつままれたような顔をして、話を始めた。

先だって平七郎に励まされたおきよは、床を上げ、努めて食事を摂り、隣の音蔵がいなくなった一昨日からは、一石橋の御知らせ柱に何度も足を運んでいた。

一方で読売屋のおこうからの知らせを待っていたが、どこからも情報はなく落胆しているところに、今朝、ひょっこり音蔵が帰って来た。

音蔵は上がり框に腰を据えると、

「おきよちゃん。きっとおたま坊は帰って来るぜ。おめえは家を離れずにおたま坊を迎えてやりな」

そう言ったのである。

希望を失いかけていたおきよは、音蔵の言葉に一抹《いちまつ》の不安はあったものの、音蔵の態度にはそれを打ち消すほどの自信が見え、ほっとした。

おきよは音蔵に、今までどこに行っていたのか、おたまの居場所を知っているのかという質問を投げてみたが、音蔵はそれには答えず、

「まったく根も葉もねえことを言っているのではねえ。俺の言葉を信じて待っていてほしい」

そう繰り返したのである。

更に音蔵は、

「おきよちゃん。これは俺の遺言だと思って聞いてくんな。いいか……この先、どんなに苦しいことがあっても、おたま坊を手放すんじゃねえぜ。貧乏したっていいんだよ。金儲けなんてしなくったって……二人一緒が一番幸せというもんだ」

しみじみと言い、腰を上げた。

「待って音蔵さん……またどこかに行くの。側にいてくれないの、音蔵さん」

おきよは呼び止めた。

どこと無く音蔵に生気がないように思えたからだ。

音蔵の姿には、何かに憑《つ》かれた亡霊でも見るような、そんな感じがしたからである。

すると音蔵は、

「おきよちゃん。ありがとよ。俺は病持ちだ、いつ死んでもおかしくねえやな。だがよ、俺は、おめえとおたま坊のお陰で、最後は幸せ嚙みしめて死ねるんだ。俺には娘と孫がいたってね」

音蔵は、ふっと笑って、おきよの家を出て行ったのである。

おきよはそこまで話すと、声を詰まらせた。

「ふむ……では音蔵は帰ってきて家にいるのだな」

平七郎は腰を上げた。

音蔵に会って聞きたいことがあった。

「それが、音蔵さん。またいなくなったんです」

「何……」

「一緒に夕御飯でもどうかと思って覗いたら、もう」

「いないのか」

「はい」

「おこう」

平七郎は、すぐにおこうと、隣の音蔵の家に走った。

はたして、音蔵の姿はなく、家の中は寂しげな空気が漂っていた。

「平七郎様、置き手紙が……」

おこうが、奥の部屋に畳んであった夜具の上に、一枚の赤茶けた紙を見つけてきた。

紙は障子紙を破いたもので、文字は炭で書いたものか、判然としない文字もある。

だが、たどたどしいその文字を一読した平七郎は、険しい顔をおこうに向けた。

「おこう、俺はこれから音蔵を救いに行く。すまぬがお前は、この置き手紙を、北町の一色弥一郎という与力に渡してくれぬか」

「承知しました」

おこうも緊張した顔で頷いた。

――音蔵を死なせてはならぬ。

平七郎は内神田の通り新石町にある両替商『天満屋《てんま》』を目指して駆ける。

三年前、盗賊の居場所を知らされながら、駆けつけるのが遅れて親しい人を失っている。

その時の光景が一瞬平七郎の頭を過る。

一石橋を渡り、更に北に走って、竜閑橋《りゆうかん》を渡ったあたりで、道を照らすものは、月の光ばかりとなった。

商家の軒にかけてある提灯の灯も絶えたところをみると、頃は四ツ頃かと思われた。

おしこみは四ツ、とおりしんこく町てんまや
かくれ屋はやなぎ原つつみ、いずみ橋より西おすくい小や
金釘《かなくぎ》流の音蔵の書き置きが、平七郎の脳裏に蘇《よみがえ》る。

推測するところ、上方に逃げていた押し込み仲間は江戸に舞い戻り、音蔵を仲間に入れるために、おたまを誘拐したのであろう。

そうして音蔵を脅し、音蔵から約束をとりつけてから、おたまを解放してきたに違いなかった。

おたまが運よく解放されたのは、おそらく、音蔵が身を挺《てい》して守ったからに他ならない。

音蔵は、おたまを無事解放しなければ、仲間には加わらないとでも言ったのだろう。

そうして、無事、おたまが返されてきたのを見届けて、音蔵は仲間に入ると見せて、平七郎たちに書き置きを残して賊の捕縛を頼んで行ったのである。

——音蔵は自分の命を投げ出す覚悟だ。

音蔵は病持ちである。医者に秋までは持つまいと言われている。

残り少ない命だからこそ、命尽きる寸前まで大切に生きてもらいたいと平七郎は思う。

「やっ」

はたして、新石町の天満屋の戸口に走ると、俄かに出てきた風がこじあけられた板戸を叩き、その奥に口を開いて見えている黒い闇が、時の流れを制止したように静まりかえっていた。

平七郎が用心深く戸口に近づいた時、中から黒い影が転がるようにして平七郎の足元に倒れ込んだ。

「音蔵……」

走り寄って抱き上げると、月の光に照らされた音蔵の青白い顔が、平七郎を仰ぎ見た。

「旦那……来てくだすったんですね」

苦しげな息を吐き、微笑を浮かべる。

「音蔵、しっかりしろ。仲間にやられたか」

「み、店の者が、み、皆殺しに……」

「何、奴らは」

「金、奪って逃げやした。は、早く捕縛を」

「分かった。すぐに助けに来る。それまで死ぬな」

「旦那……」

「おきよが言っていたぞ。音蔵さんは私のおとっつぁんですってな」

「おきよちゃんが……」

「それだけではないぞ。初太郎が、親父のことをよろしくってな、そう言って泣いていた」

「ちきしょう……俺は幸せだ。幸せのまま死ねる。そうだろ、だんな……この俺が、しあわ……」

音蔵の力が萎《な》えた。

「音蔵……」

音蔵は笑って息絶えた。

平七郎は音蔵を下に静かに寝かせると、着用している同心羽織、俗にいう巻羽織を脱いで音蔵の遺体に被せ、まっすぐ柳原土手に向かった。

柳原土手のお救い小屋は、幕府が天災の折に、府民に施しをするために建てられたものである。

神田川沿いの柳原通りと呼ばれている大路には、和泉橋から筋違《すじかい》橋の間に、幕府の籾蔵《もみ》が救済の時の蓄えとして幾つも建っているし、特に筋違御門前の八ツ小路は火除《ひよけ》地となっていた。

お救い小屋は、和泉橋から筋違までの間にある広い河岸に建てられ、そこで炊き出しをして配ることになっていた。

江戸は毎年のように大火に見舞われる。加えて地震も多く、そのためにお救い小屋は一つではないが、大半は和泉橋近くの河岸にあった。

おそらく音蔵が書き置きしてあったお救い小屋は、昔の小屋に違いない。

平七郎は、用心深く土手に生い茂る茅の中を分け河岸に下りた。

折からの風が平七郎が茅を分け入る音をかき消して、寂しいほどの光景が広がっていた。

はたして、古いお救い小屋は土手の下にあり、破れた板戸からかすかな灯の光が漏れていた。

──ふむ。ここならば、夜明けとともに船を出せば、どこまでも逃げ失せることができる。

江戸府内は川と堀の町、定町廻りをしていた頃の平七郎は、この川と堀を巧《たく》みに使って源治に猪牙舟を走らせて犯罪者を追尾して捕縛した。

平七郎は、ふっと昔を思い出す。

――奴らの舟は……舟を使うに違いない。

平七郎は、川岸を見た。

一艘の舟が、岸に上げられてあった。

――やはりな。

平七郎が用心深く小屋に近づいた時、突然小屋の戸が開いた。

「誰かいるのか」

提灯《ちようちん》を翳《かざ》した男が、腕を伸ばしてこちらを照らす。

平七郎は、ふらりと男の前に出た。

「貴様は、誰だ」

「定橋廻りの同心だ。おたま坊をさらい、今また天満屋に押し入って金を奪い、店の者たちを殺し、音蔵を殺した罪……許せぬ」

「頭」

男は後ろに向かって呼んだ。

「粂蔵、退け」

抜刀した益五郎が、提灯を持った男を払いのけるようにして前に出た。

「あんた！」

奥から女が絶叫した。

「すぐに片づける。おりき、おめえは先に行ってろ」

益五郎は後ろに叫んだその刹那、飛び上がって上段から撃ちこんで来た。

平七郎は飛びのいてこれを躱《かわ》し、静かに刀を抜いた。

正眼に構えて立った平七郎の刀身が、月の光を受けて切っ先から手元に向かって、キラリと光った。

北辰一刀流の剣は、一刀から発して万刀に変化し、また一刀に戻るのだが、この一刀というのは正眼の構えである。

正眼に構えて敵の剣を切り落とし、技を殺して気を殺し、突きに転じて相手を討つ。むろん、こちらから攻撃もするが組太刀は百十余もある。平七郎ほどの腕になると自在に技を使い分けることが出来るのである。

スキひとつない平七郎の正眼の構えを見た益五郎は、思わず身を固くして、再び上段に構えて立った。

おりきと呼ばれた崩れた女が、重たそうな袋を抱えて河岸にある舟に向かって走った時、先ほど提灯を照らした男と、もう一人の痩せた男が、匕首を引き抜いて平七郎の左右に立った。

「死ね」

益五郎が撃ち込んで来た。

平七郎は飛びのいて、払いざまに益五郎が撃ってきた刃を跳ね上げた。

次の瞬間、左から匕首が伸びて来た。

突進してきたのは、条蔵と呼ばれた男だった。

「やめろ」

平七郎はふわりと躱《かわ》すと、条蔵の手首を斬り落としていた。

「ああ……ああ」

転げ回る条蔵の叫びを聞きながら、切っ先を落としたまま、平七郎は胸のあたりまで伸びた茅の中に走り込んだ。

さやさやと鳴る茅の音は、平七郎の体を撫で、後ろから追って来る男たちの体を撫でる。

土手の中ほどまで茅の中を小走りした平七郎は、突然くるりと後ろを向いて飛び上がると、落ちる瞬間に、ふいを食らって立ち止まった浪人目掛けて、刀を降り下ろしていた。

浪人の右肩口が切れ、浪人はそのままそこに蹲った。

「押し込みの頭、千成益《せんなり》五郎だな」

浪人の頭上に言い放ち、もう一人の男、茅の中に潜んでいる青白い男に目を向けた。

「そしてお前は、彦助。すべて調べ上げて分かっているのだ。腕一本足一本斬られたくなかったら、その手のものを捨てろ」

「う、うるせえ」

彦助は、くるりと背を向けると、一目散に茅の中に走り込んだ。

……ばかな奴。

彦助が分けた茅の道を、平七郎が後から追っかける。

彦助は、思いの外、足が速かった。

見失うかと思った時、土手の上に捕り物の提灯が上がった。

彦助は一瞬棒立ちになったようだった。だが、すぐに匕首を振りかざすと、捕り方目掛けて突っ込んだ。

「馬鹿者。神妙に縛《ばく》につけ」

一色弥一郎の声だった。

ふっと、平七郎の頬に笑みが差す。

「平の字か」

一色が土手の上から提灯をかざして言った。

「そうです。向こうの茅の中に浪人の千成益五郎が、小屋の前には粂蔵という男が転がっています。そしてもう一人、河岸にある舟の中に女が一人隠れています」

平七郎は刀を納めると、くるりと一色に背を向けた。


「平さん、一石橋の橋杭《ぐい》に、若葉が芽を吹いていると届け出がありましたよ」

奉行所から出て来ると、秀太が体を寄せて来て平七郎に囁いた。

「何、まことか」

「ええ、私はこれから見てこようと思うのですが、平さん、どうします」

「音蔵だ」

平七郎がふいに言った。咄嗟に浮かんだ言葉だった。

「えっ」

「音蔵が蘇ったのだ」

「平さん……」

秀太は苦笑して、帳面を取り出すと、

「確か、あの橋は先年若木の欅《けやき》で修理しています。修理をしたのは本所の『飛騨《ひだ》屋』です。だからですよ芽が吹いてきたのは……。音蔵さんの生まれ変わりだなんて、平さんも案外……」

秀太はくすくす笑った。

「おかしいか」

「いえ」

「俺はそう思いたいのだ」

一石橋の南詰の御知らせ柱に伸び上がって、毎日、朝夕、おたまお尋ねの紙を張りに来ていた音蔵の姿は、今でも平七郎の脳裏に焼きついている。

音蔵が命を賭《か》けてくれたからこそ、おたまも助かったし、一味も全員捕らえることが出来た。

――音蔵、お前が作ったおたまの迷子札、今もおたまの胸で揺れているぞ。

そう言ってやったら音蔵は、きっと喜ぶに違いない。

平七郎は、眩《まぶ》しいほどの白い陽の光の中に、勢い良く踏み出した。

第三話　闇の風

一

「秀太、そろそろ終《しま》いにするか」

平七郎は、紀伊国《きのくに》橋の欄干を、コーンと木槌でひとふりすると、一方の欄干で点検していた秀太に顔を向けた。

だがその目は、たった今平七郎の側《そば》を過ぎていった女の後ろ姿に釘《くぎ》づけとなった。

薄物の縞《しま》の着物が肉づきのよい臀部《でんぶ》に吸いついて、腰を振るたびに生々しい女の姿態が男の欲情をそそるようである。

女は、西詰めから渡って来て、東詰めに下りようとしているのであった。

紀伊国橋は、三十間堀《さんじっけんぼり》川に架けられた橋である。

橋の西詰め袂《たもと》は三十間堀町の一丁目と三丁目の間に位置していて、東詰めは木挽《こびき》町一丁目の中程にあたる。

三十間堀町は、藍玉問屋や本屋などの店が多く、また、町内には能笛師をはじめ能役者が住んでいる静かな町だが、橋を渡って木挽町に入ると、一帯は船宿が軒を連ねる町となる。

つまり橋の西と東では、町の様子は一変するのである。

木挽町のさらに東は武家地となっているが、夕刻になってこの橋を渡る者は、船宿を求める商人たちの姿がほとんどだった。

女は町人だから、木挽町の船宿を目指しているのに違いないのだが、平七郎が目をこするようにして見詰めたのは、女の顔に見覚えがあったからである。

しかしそうは言っても、平七郎の記憶にある女は、慎《つつ》ましやかな人妻だった。

橋の上の女が持つ、淫靡《いんび》な匂いのする女ではなかった。木綿《もめん》の着物を慎ましやかに着て、膝を揃えて夫に従うような女であった。

「平さん、どうかしましたか」

秀太がにやにやして近づいて来た。

秀太の眼も、去っていく女の尻を捉えていた。

「いや……見たことのある女だと思ったのだ」

「あの女ですか」

「うむ」

「酌婦ですよ、船宿の……」

「……」

「しかも、ただの酌婦じゃないようですね。近頃はいかがわしい店があるようですから」

「調べたのか」

「ちょっとした騒動があったんですよ。半年ほど前でしたが、橋の袂でお客同士が女を奪い合って殴り合いの喧嘩《けんか》をしましてね。丁度この橋の見回りをしていた時だったものですから、私が仲裁したことがありまして……」

「今の女が原因なのか」

「いえ、別の女でしたが、その女というのが人妻でして……」

「何……」

「多分今の女もそうでしょうね。桔梗《ききよう》屋の酌婦はみんな人の妻か、あるいは未亡人か、店の売りはそういうことらしいですから」

「桔梗屋というのか、その店は」

「ええ。手入れをしたって、ただの酌婦だと言い張るのでしょうからね。でも私は、内実は春も売っている、そういう店だとみています」

「そうか……」

平七郎は、女が東詰めに下り、町並みに姿を消したのを見届けて、

「いや、人違いだろう。俺が見知っている女は、間違ってもこのような場所に足を踏み入

れる女ではない」

苦笑して言った。

「ずいぶん気になるようですね。確かめてみてはどうですか」

「うむ……」

秀太に言われるまでもなく、平七郎は、いったん抱いた疑いに決着をつけるために、女の顔をもう一度確かめてみようと考えていた。

秀太が『紀伊国橋異常なし』と報告書に認めるのを待って、平七郎は一人で紀伊国橋を渡り、東詰めに下りた。

先程の女が勤めていると秀太が言った『桔梗屋』の前に立ってみたが、店の中はしんと静かで、暖簾《のれん》の前で立ち止まってみたものの、引き返して橋袂の飲み屋に入った。

女が勤めを終えて店を出てくるまでには、たっぷりと時間がある。

「冷やでいい。肴《さかな》は、そうだな。旬のものを見繕《みつくろ》ってくれ」

平七郎はそう言うと、入口近くの飯台の奥に座った。

店の中は、近辺で仕事を終えた小商人《こあきんど》や、客待ちの間に夕食を済ませようとしている船宿の船頭たちで、ほぼ埋まっていた。

平七郎は、聞くとはなしに客の話に耳を傾けながら、記憶の中にある、先程の女に似た人妻のことを考えていた。

女はおまつといい、平七郎が三年前、定町廻りをしていた頃に、捕まえて島送りにした男の女房だった。

その男は仙吉《せんきち》といい、腕のいい鬼師だった。

鬼師というのは、瓦《かわら》の中でも鬼瓦や軒瓦などの装飾を兼ねた瓦をつくる職人で、一般の平瓦をつくる瓦師よりも、一階級うえの者をいう。

仙吉は当時、隅田川沿いにある花川戸《はなかわど》の岩五郎《いわごろう》という親方の窯元《かまもと》で仕事をしていたが、酒の席で岩五郎と口論になり、あげくの果てに刃物を持ち出して岩五郎に大怪我《けが》を負わせて逃走していた。

平七郎が仙吉を捕まえたのは、材木《ざいもく》町の裏店《うらだな》だった。

女房のおまつに会いに帰ってきたところを、張り込んでいた、当時父の代から手札を渡していた岡っぴきの万作《まんさく》から知らせを受け、踏み込む次第となったのである。

だがその時おまつは、仙吉を庇《かば》うようにして座り、

「もともと、仙吉さんに非があったとは思えません。でも、罪は罪です。親方を傷つけたのですからお裁きはお受けします。でも、一日、いえ、半日、仙吉さんに時間を頂けませんでしょうか」

長屋の板間に頭をすりつけた。

しかし平七郎には、おまつの訴えを聞いてやる余裕はなかった。

半月も万作に張り込ませて、やっと迎えた捕縛の時だったからだ。

「ならぬな。何のためかは存ぜぬが、お前にはそんな時間は与えられてはおらぬ、神妙にいたせ」

万作に縄を掛けさせた。

「おまつ、おいらはおめえのような女房を貰《もら》って幸せだったぜ。もう二度と会えねえかもしれねえが、後をたのむぜ。それからよ、おいらの分も達者にな」

仙吉は優しい声をおまつに掛けて、

「旦那、手数をかけやす」

素直に従ったのであった。

平七郎は、万作に縄を引かせて、仙吉の家を出た。

ふっと振り返った時、おまつは刺すような視線を平七郎に送っていた。

平七郎は気づかぬふりをして、長屋の腰高障子を閉めたのだが、路地に踏み出した時、平七郎の耳に号泣するおまつの声が聞こえてきた。

その後、仙吉と岩五郎がなぜ喧嘩《けんか》になったか白洲《しらす》で取り調べが行われたが、岩五郎は仕事のことで喧嘩になったのだと申し開きをし、一方の仙吉は終始無言で、その理由を述べようとはしなかった。

とはいえ、岩五郎は左手の筋まで切られていたようで、後遺症が残ると医者が判断したことにより、仙吉は島送りと決まったのであった。

——あれから三年……。

島送りになる当日には、仙吉が永代橋の西詰めから艀《はしけ》船に乗り、本船である流人船に向かうのを平七郎も見送ったが、その時も、おまつが物陰で顔を覆《おお》って泣いていたのを見届けている。

平七郎が橋廻りとなって万作は平七郎に手札を返し、二年前に病で死んだが、その万作が最後まで、あの捕物はいやな捕物でござんしたねえ、などと言っていた。

要するに、喧嘩の正確な顚末《てんまつ》がはっきりせぬまま、仙吉が主《あるじ》を傷つけたということだけで裁かれた事件だったからである。

むろん平七郎も心のどこかに、ずっとひっかかってきた事件だったが、橋廻りにまわされたことで、努めて昔の事件のことは忘れようとして今日まできている。

その間に、平七郎が手掛けた事件で、被害者や加害者の家族や身よりの者たちが、どんな暮らしをしているのか、覗《のぞ》いてみたことは一度もなかったのである。

「女将《おかみ》、桔梗屋という船宿の営業は、いつ終うのだ」

酒のおかわりを注文した平七郎は、飲み屋の女将に聞いてみた。

「おやまあ、お目当てのお女《ひと》がいるんですね桔梗屋さんに」

「いや、そういうことではないのだが、ちと、話を聞いてみたい女がいるのだ」

「へえ……通いの女の人たちが帰っていくのは四ツ（午後十時）頃ですよ」

「そうか……」

「お店に訪ねていけばよろしいではありませんか」

女将は、思わせぶりな顔つきで言い、くすくす笑った。

「勘違いをするな」

平七郎は、口をとんがらしてきゅっと睨《にら》んだ。

木挽町の川端には、宵《よい》の口に出ていった船が次々と戻って来て船宿の前に船を着け、ほろ酔い加減のいい気分になった客たちが、次々と船から降りていくのが、船にとぼした雪洞の明りで見えた。

平七郎は、夜風に当たりながら紀伊国橋の欄干から、その様子を眺めていた。

橋袂の飲み屋で飲んだ酒の量はかなりのものだったと記憶している。

なにしろ、夕刻からそうとうな時間飲んでいるのだから、飲み屋を出る時には、足元もおぼつかないのではないかと心配したが、外に出てみると、少しも酔ってはいないことに気がついた。

平七郎は、その足でいったん桔梗屋の店の前に立っている。

しばらく様子を窺《うかが》っていたが、また引き返してきて、紀伊国橋の上に立った。

あの女が帰ってくるとすれば、きっとこの橋を渡るに違いないと思ったからだ。

ただ、女が春をひさいでいて、泊まり客の相手をした場合は、女が今夜この橋を引き返してくることはないのである。

「ふむ……」

一人、二人と、橋を渡って帰っていく女たちを横目に、川端に戻って来る船も、もう終いではないかと眺めていると、

――来た……。

例の女が、商人ふうのでっぷりとした男の腕にしなだれかかるようにして橋の袂に現れて、客待ちをしている町駕籠《かご》に男を押し込んだ。

駕籠は橋を渡らず、川沿いを南に向かって走って行った。

女は乱れた襟《えり》を合わせると、ふうっと溜め息をついてみせ、下駄を脱ぎ捨てて両手に片

方ずつ担ぐようにして持つと、素足のままで橋を渡って来た。

平七郎は背中で女をやりすごすと、女の後ろからゆっくりと橋を渡った。

西詰めの三十間堀町に立った女は、橋袂にある石灯籠《どうろう》の前で、手に持っていた下駄を下ろして、白い足をみせ、下駄を履いた。

――おまつだ。

灯籠の灯にほのかに照らされた横顔は、確かに苦い記憶の中にあるおまつだった。

「瓦職人、鬼師仙吉の女房、おまつだな」

平七郎が言い、ゆっくりと近づくと、おまつは鳩が豆鉄砲食らったような顔をして、平七郎を見迎えた。

だがすぐに、近づいて来た男が、あの時の同心だと気づいたようで、険《けわ》しい顔をして横を向いた。

その横顔には、平七郎を拒絶する意志が明らかだった。

「お前はいったい、なぜここにいる」

「……」

「どうして酌婦などしているのだ」

おまつは、疲れた表情に、口を横一文字に結んで黙っていた。

平七郎は、夕刻におまつを見掛けて、ずっとこの橋の袂で待っていた事を告げ、

「おまつ、俺を忘れた訳ではあるまい」

無表情なおまつに言った。

するとと、青白い顔に一瞬惑いをみせたが、すぐ頬に血の色を浮かべ、

「忘れるもんですか。あんたのことなんて、一生……」

おまつは、怒気《どき》荒く言い、きっと平七郎を見返した。

「そうか。俺を恨《うら》んでいるのだな」

「あんたのお陰で、あの人、おっかさんの死に目にも顔を見せてやることができなくてさ。あの人のおっかさんはね、なんで仙吉が来ないのだと言いながら、涙を流して死んじまったんですよ」

「何……仙吉のおっかさんは、あの時病だったのか。そんなことは聞いていなかったぞ」

「言おうとしたけど、それより先に、私たちの口を封じこめたのはあんたじゃないか。手柄を逃したくないためにね」

「……」

「それでも、軽いお裁きなら、お墓参りぐらいできたでしょうに……あの人は……あの人、島送りになってしまって……たった半日、半日ですよ、待って下さっていたらと思う

と、仙吉さんもおっかさんも可哀そうで……」

おまつは言いながら、次第に感情が高ぶってくるのか、袖で目頭を押さえてしゃがみこんだ。

「おまつ……」

そっと手を掛けようとした平七郎の気配を感じて、

「触らないで！」

刃物にでも切り裂かれたような鋭い声を上げた。

「分かった。とにかく夜も遅い。送っていこう。まさか住まいは、昔のところのままではあるまい？」

花川戸と、この木挽町ではあまりにも距離がある。

「亭主が、島流しになって、長屋に住んでいられる訳ないじゃないか。とっくに払ってるんですよ、昔の住まいは」

「どこだ、今はどこに住んでいる」

「へん。親切面《づら》してもらいたくないね。あたしは毎日、こんな生活送ってるんだ。一人で帰れなくてどうするんだい。いいから、とっとと私の前から消えておくれ。早く……」

おまつは毒づくと、ふらふらと立ち、橋袂の大通りを西に向かって歩き、銀座《ぎんざ》二丁目の裏店に消えた。

表店には『京菓子処・浪速屋《なにわ》』の看板がかかっていた。

平七郎は、裏店の木戸に隠れて、おまつが住む家を確かめた後、踵《きびす》を返した。

——俺はあの時同心の職務を全うしただけだ……。

そう思う一方で、胸にはいいようのない苦々しい思いが広がっていた。

二

「平七郎殿、平七郎殿……」

どこかで母の里絵の声がした。

——ああ、ここは自分の家だったのか……。

瞼《まぶた》をひっぱがすように目を開けると、里絵が覗《のぞ》きこんでいた。

「ああ、母上、おはようございます」

のそりと起きた。

里絵の様子がただごとではなかったからである。

頭には手ぬぐいを被り、襷《たすき》姿で、いつもは長く引いている着物も足のくるぶしが見えるほど短めに着て、何よりもその顔がただごとではないと言っている。

「何かあったのですか」

下から見上げるようにして聞いたものの、ずきずきと頭が痛い。

——そうか、夕べあれからまた飲んだのだ。

あっちこっち梯子《はしご》をして、帰ってきた刻限も定かではなかったことを思い出した。おまつが向けた敵意にも似た表情に耐えられなくて、つい酒が過ぎたようだった。

両手を広げて見てみると、着流しに羽織を着たままで、布団《ふとん》の上にひっくり返っていたようである。

「まったくもって……」

里絵は、苦々しい顔で溜め息をつくと、

「本日は、井戸替えを致しますと、半月も前から申しておいた筈《はず》ですが」

「しかし母上、私には勤めが……あ痛て」

頭を押さえる。

「お勤めは本日から非番でございましょ」

「そうか、非番か……しかし母上、非番と言っても、橋廻りは、南北両町奉行所合わせても、人員は四名です。この広い江戸の町の橋をですよ、たった四名で……いや、正確には一方が非番ですと、二名でどうしてすべての橋を見回ることが出来るでしょうか。ですから、お互い時間の許す限り、手伝うことになっているのです」

非番なら橋を見回ることなどないのだが、この頭痛では井戸替えなど出来るものではない。つい、嘘っぱちを並べてみる。

しかし敵も然《さ》るもの、そんな事は承知の助、ふふふと軽く笑って、

「何を寝ぼけているのでしょうか。昔はね、お父上様の時代はですね。わたくし、このような苦労はしなくてようございましたのよ」

「母上、分かっておりますから、どうぞも少し、小さい声でお願いします」

「いいえ、声を大にして言わせて頂きます」

里絵は、両手を両腰に置き、平七郎をぎゅっと見下ろすと小言を続けた。

「あなたのお父上様が手札を渡していた岡っぴきの万作さんや、その万作さんが使っていた下っぴきの皆さんもおりましたし、小者の忠弥《ちゆうや》さんもいましたでしょ。それにお父上様は同心とはいえ筆頭同心として若い同心の方々に慕《した》われておりましたから、わたくしが腕をむき出して、このような真似《まね》はせずとも、みなさん、お手伝い下さって用は足りたのです。ところが今は、年老いた又平とわたくしだけ。あなたが橋廻りといわれるのが悔しくてご近所にも頼みづらいから、口入れ屋さんから今日半日、手伝って下さる人を雇いまし

た。平七郎殿もすぐにお支度して手伝って下さい。皆さん、まもなく参ります。手際良く井戸替えをして、皆さんにはひきとってもらわねば、半日が一日の仕事となったら、手当ても倍、支払わなければなりません。あなたのお給金では、皆さんを半日雇うのがやっと、それ以上のお支払いは不可能でしょ」

里絵はくどくどと続け、最後には、きまりきった三十俵二人扶持《ぶち》を持ち出すのであった。

里絵は継母だったが、美しい容貌の持ち主で、平七郎は子供の頃は、母の美貌が自慢だった。

ところが近頃の里絵は、その美貌に皺《しわ》を寄せて、平七郎に小言をいうのが日課、頼るべき夫を亡くして気の毒だとは思うのだが、実際逃げ出したいこともある。

とはいえ母は自分のために、この立花家に残ってくれたのだと思うと、逃げ出したい気持ちが、瞬《また》く間に切ない気持ちに変わるのである。

「承知しました。私が全部やりますから、母上はどうぞ奥で、座ってお茶など飲んでいて下さい」

平七郎は、頭にきつく鉢巻きを締め、頭痛を封じ込めると、井戸端に降りた。

井戸替えは、口入れ屋からやってきた人夫の尻を叩くようにして、ようやく昼前には終わった。

汗を流して行水をした時には、頭痛はいつのまにか取れていた。

――予期せぬ用事で、遅くなった。

平七郎は、昼食を済ませると、機嫌の直った母の里絵に送られて八丁堀の役宅を出た。

予定していた材木町の、おまつが昔住んでいた裏店に着いたのは、八ツ半頃だった。

隅田川べりに植えられた木々や、住宅地に青々と茂っている木立ちの中から、蟬《せみ》の声が賑やかに聞こえていた。

平七郎が長屋の木戸をくぐった時も、どこからか飛んできていた蟬が一匹、じーっという声を落として飛び立った。

平七郎は、長屋の中程にあるおもよの家の戸を叩いた。

おもよは、おまつと同年で、当時長屋では二人は仲が良かった筈だ、おまつがああなったいきさつを、おもよなら知っているのではないかと考えたからだった。

「あら、お役人様」

おもよは驚いた顔をして、平七郎を土間で迎えた。

「少し話を聞きたいのだが」

戸口で突っ立ったまま尋ねると、おもよはすぐに承知した顔をして、平七郎を招き入れた。

板間にはお寺か神社かのお守り札が、紙箱にうずたかく投げ入れられていた。お守り札の内職だった。

当時はおまつも同じ内職をしていた記憶がある。

以前と違っているのは、おまつはもうこの長屋にはいないということと、おもよにはどうやら赤子が出来たということだった。

赤子は、おもよが作業するすぐ側で手や足を踏ん張って、歯が二つばかし生えた口を無邪気に開けて、にこにこ笑っていた。

「そうか、子が生まれたのか」

平七郎が、赤子の顔をちらと見て尋ねると、

「ええ、もう八カ月になります」

おもよは、赤子に「ばあっ」というような顔を見せながら、平七郎に自慢げに言った。

「元気そうな男の子だな」

「あらいやだ。お役人様、この子、女の子です」

おもよは苦笑してみせた。

「いやいや、男の子のように元気そうな女の子だと思ったのだ」

「無理しなくってもいいんです」

おもよはくすくす笑った後、すぐに真顔になって、

「おまつさんの所も、あんなことが無かったら、今頃赤ちゃんの一人も生まれて、幸せに暮らしていたでしょうにね」

しみじみと言う。

「ふむ、そのおまつの事で参ったのだが、お前はおまつとは仲が良かったな。おまつがこの長屋を出ていかなければならなくなった訳を教えてくれ」

平七郎は、上がり框《かまち》に腰を据えた。

「亭主の島送りが原因か。長屋の皆に白い目でみられてそれでか……」

赤子を抱き抱えたおもよに畳み掛けた。

「いいえ、そういうことではありません」

おもよは顔を曇らせた。

おもよの話によれば、おまつは仙吉が島送りになって一年ほどはひっそりと暮らしていたが、ある頃からふらっと外出するようになったという。

別に外出するのはどうって事もないのだが、そのうち、おまつは岩五郎と逢引しているのなんのと噂《うわさ》がたつようになった。

岩五郎は、仙吉と喧嘩をした親方である。

噂は、おまつは亭主の敵と寝ているなどと、話はどんどん膨れていった。

そこで心配したおもよがおまつを呼んで尋ねたところ、おまつは寂しげに微苦笑した後、

「長屋の皆さんにご迷惑かけてる訳じゃあるまいし」

開き直ったのである。

「噂は嘘でしょ」

確かめるように聞くおもよに、おまつは黙って座っていたが、ぷいと立ち上がると、

「さようなら」

あっさりと決別のひとことを残し、出ていったのである。

おまつが長屋を出たのは翌日だった。

おまつは若い。男が欲しかったんだなどと耳を覆いたくなるような厳しい悪口が、おまつがいなくなった家の前の井戸端で繰り広げられたのはいうまでもない。

長屋の結束は、いい方に向かえばこれほど心強いものはない。しかし一方で、自分たちの仲間ではないと判断を下した時には、針の筵《むしろ》に座るような思いを強いる。

おもよも、おまつを庇《かば》いたい気持ちはあったが、口を閉ざして仲間の悪口を聞いてい

た。

「でも、ずっと、どこに行ったのか心配しているんです……」

おもよは言った。

「黒鷹と呼ばれた人でも、そういった御法ではおさめきれない事柄で、後々悩みを抱えることってあるんですね」

秀太はしみじみと言い、

「捕物って難しいですね……いや、だからこそ、私は捕物の第一線で働いてみたいのですよ」

きらきらとした眼を向けてきた。

遠慮のいらない永代橋袂の『おふく』の店の中である。

つい、秀太の声も大きくなる。

二人は非番であったが、すぐ近くの箱崎橋《はこざき》の床板の修理を御用達《ごようたし》商人に頼むために出向いてきて、その足でおふくの店に立ち寄ったのである。

秀太と酒を交わすのも久し振りだった。

「平七郎様、召し上がりますかい」

猪牙舟《ちょき》の船頭源治が近づいてきて、魚籠《びく》の口を平七郎に向けた。

「おっ、どじょうじゃないか」

口を覗いた平七郎は目を見張った。

籠の中には、どじょうが重なり合って蠢《うごめ》いていた。

「お好きだったでござんしょ」

源治は嬉しそうな顔をしてみせた。

するとおふくが、板場から酒のおかわりを持ってきて、

「源さんね、平七郎様に食べさせてあげたいって、昨日とってきたんですよ。でね、魚籠にいれたまま、川水に浸けて平七郎様がお見えになるのを待っていたんです」

「そうか。ならば頂こうか」

「ではすぐに、柳川鍋《やながわなべ》にでもいたしやしょう。香りのいいごぼうも入ってますからね。そうだ……お母上様にも持って帰って下さいまし」

「すまぬな源治。これで母上のご機嫌も直る」

「おや、なにかあったのでございますか」

「ふむ、井戸替えをな……いや、つまらぬことだ。母上も年々歳々ぐちっぽくなって困る」

「そりゃあ、平七郎様のこと心配してるんですよ。大事な大事なご子息様でございますから」

おふくは、楽しそうに笑ってみせる。

「やめてくれ、何がご子息様だ、冗談じゃないぞ」

平七郎は膨れてみせた。

その時である。

「た、助けてくれ」

人相の良くない男が駆け込んで来て、平七郎たちの飯台に縋《すが》りついた。

男は肩口を押さえていて、そこから赤い血が落ちている。

「どうしたのだ」

聞くより早く、

「野郎、どこに行きやがった」

怒鳴る声が入って来た。

平七郎が首だけねじって入り口に眼を遣《や》ると、数人の男たちが腕をまくり上げて店の中を睨《にら》んでいる。

その男たちも負けず劣らず、人相の良くない連中だった。

「いやがった……てめえ、出てこい」

兄貴面《づら》の男が、平七郎の側で震えている男に怒鳴った。

「まてまて、この男は傷を受けているではないか」

立ち上がった平七郎を見て、男たちは息を呑む。

「何をしたのだこの男は……お前たちは何者だ」

「旦那……旦那の手を煩《わずら》わすほどの事ではねえんでございやすよ。その男を渡してくれれば、それで」

「そうはいかぬ。のりかかった船、何があったのか話してみろ」

「なんてこった、旦那、そいつは島帰りでございやすよ」

「何……」

平七郎はじろりと震えている男を見るが、すぐに男たちに眼を戻すと、

「その島帰りが、どうかしたのか」

「へい。俺たちはすぐ近くの行徳《ぎょうとく》河岸で荷揚げをしている者でござんすが、そやつは、俺たちの銭、盗みやがったのでございますよ」

「まことか」

平七郎が、震えている男に尋ねるが、男は激しく首を振って否定した。

「てめえ、この期《ご》に及んで嘘をつくのか」

男たちはつかみかからんばかりである。

「まあ待て、おい、この者たちの疑いを晴らすためだ。帯を解いて着物を脱げ」

平七郎は震えている男に言い、

「どうだい、それではっきりさせては」

怒鳴り込んで来た男たちに聞いた。

「分かった。脱げ。脱いでみせろ」

男たちはてんでに言い、震えている男の着物をはぎ取った。

しかし、にしめ色の下帯が痩《や》せた腰にひっかかっている他は、男の体からは銭一枚出てきはしなかった。

「ちぇ……」

男たちは忌《い》ま忌ましそうに舌を鳴らすと、どたどたと足音を立てて去って行った。

「ありがとうございやす。盗みの疑いをかけられれば、また、島に戻されるところでござりやした」

男は青い顔を上げた。

「名はなんという」

平七郎は、おふくが急いで持ってきた布をひき裂くと、男の腕を縛《しば》りながら聞いてみる。

「へい。友蔵《ともぞう》と申しやす。五年前に、この永代橋から八丈《はちじょう》島に島送りにされやしたが、この春、御赦免《しゃめん》船でけえって参りやした」

「ふむ……一つ聞くが、お前は、瓦職人で鬼師の仙吉という男を知らないか」

「仙吉……ああ、新《にい》島に流されていた……一緒にけえって参りやしたよ」

「何、仙吉が帰ってきた……間違いあるまいな」

「へい。ずっと御用船の中で一緒でした。あっしは独《ひと》り者でございやすが、恋女房がいると、仙吉に耳にタコが出来るほど聞かされやした」

「仙吉は、その恋女房のところに帰ると、そう言っていたんだな」

「へい。自分には勿体《もったい》ねえような、貞淑な女房だって自慢してましたよ」

平七郎は腕を組んだ。

おまつは仙吉の帰りを知っているのだろうか。

先夜会ったおまつの様子には、そんな喜びなど少しも感じ取れなかった。

友蔵の話が間違いなければ、仙吉は昔の長屋にまっすぐ足を向けた筈。だが、その昔の長屋の住人であるおもよも、仙吉が島から帰ってきた話など、まったく知らない様子だったと平七郎は思う。

――仙吉はどこにいる。おまつの今の姿を知っているのか……。

平七郎は、暗い闇の中に手探りでその答えを摑《つか》もうとしてみたが、しかしそこには、手掛かりの一つも持ち合わせていないことを知り、暗然とした。

何か嫌な予感ばかりが頭を過《よぎ》った。

三

おまつが、長屋の戸を開けて外に出てきたのは、太陽が照りつける昼時だった。

昨日も、その前の日も、おまつは長屋の女房たちが、井戸端を占領している時刻には、けっして表に顔を出したりはしなかった。

女たちが朝食の支度をし、洗濯をし、男たちが外に働きに出て、路地を駆け巡っていた子供たちも昼食のために、それぞれの家にひっこんだ頃を見計らって外に出て来た。

そうして、夕刻早めに、長屋の者たちが帰って来るまでに家を出る。

近隣の家の者たちとの交流もないようで、おまつだけが、長屋の中では異様な存在に見えた。

それでも、たまに表で長屋の者とばったり会う事がある。

そんな時のおまつは、昔のおまつのように、静かに頭を下げて、家の中にひっこむのであった。

長屋の者でおまつの家を覗《のぞ》く者は一人もいなかったが、そうかといって、おまつが昔住んでいた長屋の連中のように、おまつを村八分にするようなこともないようだった。

当たらず触らず、一定の距離を置いて生活しているようだった。

おまつがどんなところに働きに行っているのか、うすうす知っている者もいる筈だったが、白い目で見られることがなかったのは、どうやらこの裏店の家主の志に厚いものがあるからだろうと思われた。

家主は表店で『京菓子処・浪速屋』を開いている幸吉《こうきち》という男だった。

おまつの家を覗き、おまつの息災を尋ねるのは、この幸吉一人だった。

平七郎がこの三日間、おまつを張り続けて驚いたことは、長屋のおまつは、あの紀伊国橋を渡って行った化粧の濃い妖艶なおまつとはまったく別の、木綿《もめん》の着物に身を包んだ質素な暮らしが見えるおまつだったことである。

化粧っ気もむろんなく、食べるものも、長屋の皆が口にするものと同じような、野菜や干物や、とにかく食材も銭のかからぬものばかりだった。

平七郎は、おまつが表にそっと買い物に出た時にも、何を購入するのか確かめている。

おまつは、長屋の女たちが求めるものと同じような品を選んだ。

間違っても値の張る物などひとつもなかった。

いかがわしい船宿『桔梗屋』で、春もひさぐ酌婦として働いているおまつは、近隣の女房たちが内職に励み、あるいは日雇稼ぎをする何倍も収入はある筈だった。

しかし、体を提供してまで得た金を、おまつはびた一文使おうとはしなかった。少なくとも平七郎にはそう見えた。

贅沢《ぜいたく》はただ一つ、毎日昼頃、おまつが路地に出る頃にやって来る野良猫にやる餌《えさ》のかつお節くらいだろうか。

その猫は足を引きずっていて、毛並みもひどくみすぼらしい猫だったが、おまつはその猫に、食べ残しの御飯にかつお節を掛けて与えていた。

猫が餌を食べる様子を見詰めるおまつは、余所《よそ》ではみせないような温和な顔をして、側にしゃがんで、膝小僧に両手を重ね、その手に顎を乗せるようにして、猫が食事を終えるのを待っていた。

日常を見ていると、おまつが酌婦をするのは本当に男を欲しいためだろうかと疑うほど、昼間のおまつは慎ましやかな女だった。

橋袂で平七郎に毒づいたおまつの姿はどこにもなかった。

——それに、どう見たって仙吉はここには来ていない。

平七郎は確信していた。

「平さん……」

後ろから肩を叩かれたと思ったら、秀太が立っていた。

「私にも手伝わせて下さい」

秀太は真新しい十手を引き抜いて見せた。

「そんな物はいらぬ」

平七郎が諌《いさ》めるように言うと、秀太は残念そうに十手をかざしてくるっとまわすと、懐にしまいこんで、

「現れましたか、仙吉とかいう野郎は」

と同心然として言った。

「いや」

「平さんは、もし仙吉が現れておまつの今の姿を知れば、どんな危害を加えるかもしれぬと、それを心配しているんでしょ」

「ふむ、まあそういう事だ」

「しかしおかしいですね。島帰りの友蔵の話だと、仙吉はおまつに会いたがっていたようですから、どんなことをしても、おまつを探し当てる筈でしょ。もう、江戸の土を踏んで三カ月にもなるのですから」

「……」

「仙吉に何かあったんですかかね」

「秀太」

「はい」

「しばらくここで見張ってくれるか」

「任せて下さい」

「すぐに戻る」

秀太を置いて平七郎が向かったのは、表店に看板を掲げた京菓子の浪速屋だった。

紺地に白く染め抜いた『京菓子処』の暖簾をくぐると、まんまるい顔をした善良そうな男が、奥から前だれを掛けたまま出て来ると、すぐに平七郎を奥の座敷に案内した。

「わたくしが主の幸吉でございます。あなた様が、おまつさんの家を張っていたことは、存じておりました」

幸吉は、神妙な顔をして言った。

平七郎が通された座敷の前には十坪ほどの庭があり、その庭には白砂が敷かれ、しかも砂は紋様を描くように綺麗《きれい》に手入れされていた。右端にしつらえた小さな築山《つきやま》は苔《こけ》で覆われ、夏草がほどよい加減に点在していて、庭を見るだけで涼風の中にあるような気分になった。

主の洗練された趣味をちらりと見やりながら、

「実は、少し、尋ねたいことがあるのだが」

幸吉の顔をじっと見た。

「何か、おまつさんに不都合なことでもあったのでしょうか」

幸吉は困惑した表情をみせた。

「いや。私がここ数日張り込んでいるのは、別におまつに何かあってという訳ではない。気になることがあって、それで張り込んでいるだけだ」

実は自分は、おまつの亭主仙吉の事件にかかわった同心なのだと説明すると、幸吉は顔を曇らせて、

「そういうことだろうと思っておりました」

憂いの顔で頷《うなず》いた。

「実を申しますと、私は仙吉とは幼馴染《おさななじ》みでございまして」

「おまえが仙吉と幼馴染み……」

「仙ちゃん、幸ちゃんと呼び合った仲でございます」

「そうか、それでおまつを懇《ねんご》ろに扱ってくれているのか」

「いえいえ、おまつさんも幼馴染みでございまして」

「何、おまつもな」

「はい。みな同じ長屋で育った仲間です」

幸吉はじっと見つめて、

「立花様。立花様が私に聞きたいというのは、どんなことでございましょうか」

尋ねるその眼で、幸吉は、平七郎の胸にあるものを計っているように思われた。

「実はな。仙吉が御赦免《しゃめん》になって帰ってきているのを知っているか」

「まさか……まことでございますか」

「やはりな。ではおまつも」

「知りません。知らないからこそ、人に蔑《さげす》まれるようなことまでして、金をつくっているのでございますよ」

「どういうことだ」

「おまつさんは、あるお人から、島流しにあった仙吉が、向こうで少しでもまともな暮らしが出来るよう望むのならば米を送り続けることだ、そして少しでも早く御赦免にしてもらいたかったら、島の役人の心証をよくするために金を送ることだ、などと言われたようで、それで健気《けなげ》にもああして働いているのでございますよ」

幸吉はそれを知って、自分が手助け出来るならとおまつに申し入れたのだが、おまつはそれを断ったという。

幸吉にまで迷惑は掛けられないというのであった。

「おまつさんは幼い頃から、しっかりした女子《おなご》でした。それに……」

幸吉はそこで言葉を切って苦笑すると、

「昔のことですが、私もおまつさんに一緒になれないものかと、申し入れをしたことがございまして」

ああそうなのかと、平七郎が相槌《あいづち》を打つと、

「それもあって、私から施しを受けるのは嫌だったのでしょう。それで、それならせめて、裏店をお使いなさいと……当時、おまつさんは、材木町の裏店に居づらいような状況になっておりましたからね……まあ、そういうことです」

平七郎は驚いていた。

誰にも言えず、人に陰口をたたかれながらも、おまつは、亭主を救いたい一心で女の操《みさお》を投げ出していたのである。

「哀れな……しかし、あんたのような人がいて、おまつはどれほど救われたことか」

「いいえ、私は少しでもおまつさんのお役に立てれば、それで嬉しいのでございますよ」

「しかし、あんたの内儀もよほど良く出来た人だ」

「家内はおりません。女房を貰《もら》わずに参りました。よっぽどおまつさんに袖《そで》にされたのが堪《こた》えたものと思われます」

幸吉は人ごとのように微苦笑してみせた。

だがその笑みに、おまつに対する清らかで深い愛情があるのを、平七郎は見てとった。

「しかし仙吉は、なぜここに現れないのでしょうか」

幸吉は不安げな顔を平七郎に向けた。

「それは俺が知りたいぐらいだ」

「おまつさんの住家が変わっていたとしても、私が京菓子屋をやっていることは知っていた筈ですからね……立花様、まさか仙吉は、おまつさんが船宿に勤めているという話を悪く解釈したりして……」

「いや、それなら、おまつを捕まえて問い質《ただ》すのでないかな」

「……」

「第一、ずっとおまつから金や米を受けとっていたとしたら、仙吉は、どうしておまつがそんな金がつくれるのか不審を持った筈だ。ところが俺が、仙吉と一緒の船で帰ってきた男から聞いた話では、そんな話はいっさい出ていなかったようだ」

「まさか立花様、おまつさんは騙《だま》されているのではないでしょうね」

「うむ……おまつにそんな話を持ってきたのは誰だ」

「おまつさんはそのことについては何も……ただ、稼いだ金は、交易船の船頭に託すのだと言っておりました」

「その者の名は？」

「知りません。ただ、一度だけ、その人かどうか、おまつさんを訪ねてきたことがございまして」

「ここに……」

「はい。鼻の上に大きな黒子《ほくろ》がある人でした」

　幸吉は顔をしかめた。

　幸吉はその者に、けっして良い印象を抱いていないようだった。

おまつを心配しながら、そういった内情にまで踏み込めないもどかしさを感じているようだった。

だが、そうまでしておまつを支え続けるのは、幸吉の胸にはおまつへの愛情がずっと変わりなくあるからに他ならない。

ある一定の間をおいて見守るなど、幸吉の大人の分別が見てとれた。

しかしどう考えても、仙吉が姿を現さないのは怪しげな話だと、平七郎は腕を組む。

交易船とは、伊豆《いず》七島を春、夏、秋の三回巡回する五百石船のことで、これに幕府は『遠島者御用船』という幡《はた》を立て、島送りになる囚人を送っていたのである。

永代橋から囚人たちが乗る『御用船』は、いわばこの五百石船までの艀《はしけ》である。

五百石船に囚人たちが乗船すると、御船手頭の指揮のもと、『御用船』と書いた小さな幡をたてた幾艘もの引舟が、交易船を沖までひっぱっていくのであった。

この時、島送りになる囚人に、親族からの差し入れが許される。

米は二十俵まで。銭にして金二十両まで。銭二十貫まで。そしてこの他には、麦など五俵はめこぼししてくれることになっている。

親族から差し入れの無い者に対しては、お上から身分によって、金二分から金二両まで下されるが、これは流罪地がいかに厳しい環境下にあるかという事だろう。

島送りになった者たちは、いったんその地に降ろされたなら、島の村々に配分され、そこで自活しろという事で、江戸にある牢屋のように食事が与えられる訳ではない。

江戸を出る時には牢医師から、それぞれに多少の薬も給与してもらってはいるが、厳しい風土環境の下での過酷な生活は、そんなもので耐え凌《しの》げる筈もない。

身分も低く、親族からの手当てもない貧しい者が流されたら、よほど頑健な体をしていなければ、飢餓《きが》に苦しみ、その地で果てるのがおちである。

また、島に送られたら、以後は手紙一本にも厳しい検閲がある。

身分の高い者ならいざしらず、果たして、仙吉などに後から米などを送るとなると、大変な手続きがいるときいている。

近年は家族からの送り物を「見届物」と言い、許されるらしいが、金銭ではなく、米などの品物だけである。

しかも届けも煩雑《はんざつ》で数量も制限され、送り主には役所から「預り証」なるものが渡される。

抜け道がないとは限らないが、それにしても確かに交易船は、江戸と島とを行き来して、物産のやりとりをしているが、一介の船頭が役人の眼を盗み、一人の流人のためにそんな都合がつけられるだろうかと、平七郎は先程から幸吉の話を聞いて、いぶかしく思っていたのであった。

「浪速屋、その黒子の男の名は聞いているのか」

「いえ、存じません」

「そうか。知らぬか……」

「立花様。仙吉のことですが、おまつさんにどのように話してやったらよいものでしょうか」

「うむ……そうだな。ありのままを伝えてやるしかあるまい」

「ええ」

「もう今晩から辛《つら》い勤めに出なくてもいいのだと、そう言ってやってくれ」

「立花様……」

幸吉は不安な表情で頷いた。

四

行方の分からなかった仙吉が、死体で揚がったと幸吉から連絡を受けたのは翌日のことだった。平七郎は仙吉の遺体をひきとったと聞いたおまつの長屋に急行した。

「平さん……」

戸口で平七郎を待っていた秀太がさすがに悲痛な顔をして、部屋の中に顔を向けた。

おまつの忍び泣きが聞こえていた。

秀太と一緒に中に入ると、泣き伏すおまつの側に幸吉が眼を赤くして座っていた。

「何者かに殺されたものと思われます」

秀太が言った。

秀太の説明によれば、今朝のこと、百本杭に人がうつぶせになって浮いているのを釣り人が見つけたらしいが、引き上げてみると遺体は縄でぐるぐる巻きにされ、しかもその先には大きな石がくくりつけられていたという。

遺体が仙吉だという事は、人別帳でまもなく分かり、おまつに連絡がいったということだった。

喉元に刺し傷があるところをみると、刃物で刺し殺されて、それで川に投げ込まれたものと思われる。

しかし、いったん川の底に沈んだ遺体も時間がたてば腐敗して、体は風船のようになるのだから、少々の重しくらいでは水面に浮き上がってくるのである。

仙吉を殺して川に投げ込んだ者は、その時はうまく川底に沈んだとみて安心していたのかもしれないが、そういった自然の理は知らなかったものとみえる。

仙吉殺害の探索は、月番の南町奉行所が行っていて、詳しいことはまだ知れていないのだと秀太は言った。

「立花様」

すすり泣いていたおまつが顔を上げた。おまつは縋《すが》るような眼で平七郎を見て言った。

「立花様がどんなにか、この人のことも私のことも案じてくれていたか、私、本当は分かってました。でも、お金やお米を送ることを人に話せば仙吉さんは救えないと言われていたのでございます。どうぞお許しくださいませ」

おまつは頭を下げると、またすぐに顔を上げ、

「でも、幸吉さんから仙吉さんがこの江戸に帰っていると聞いた時、私、夢かと思いました。手を尽くしても、それでも二度とこの江戸には帰れないのが普通だと聞いていましたから、半《なか》ば諦めておりました。それが突然帰っているのだと聞かされて喜んだのも束《つか》の間、こんな体になってしまって……」

おまつは、そこで言葉を呑んだ。

溢《あふ》れる思いで言葉が続かないようだった。

「必ず犯人は捕まる。いや、捕まえてみせる」

「そうですよ。南町が犯人をあげられないというのなら、平さんも私もだまっちゃいませんから」

秀太は、すっかりその気になって口を挟む。

「秀太……」

平七郎は秀太に視線を送って制すると、

「おまつ、ところで、そもそもお前に、この話を持ち掛けたのは誰だ」

平七郎はじっと見た。

「……」

「どんな人間がかかわっていたのか、もう話しても支障はあるまい」

「……」

「なぜ言えぬ。その者が仙吉を殺したのかもしれぬぞ」

「まさか」

はっとして、おまつは顔を上げた。

「おまつ」

「仙吉さんが御赦免になったのは、その人のお陰だと思っています。その人が、仙吉さんを殺すでしょうか」

「仙吉が御赦免になったのは、そういう事ではあるまいと俺は思っている。第一、お前が稼いで送っていたという金だが、本人に渡っていたのかどうか」

「それは間違いなく」

おまつは慌てて、長屋の裏の戸を開けると、二尺ばかり張り出している裏庭から、鉢植えにした青い葉っぱを持って来た。

「この葉っぱは、仙吉さんが流されている島にたくさん生えているあした葉という葉っぱらしいのですが、向こうではお野菜のかわりに食べているらしく、仙吉さんが私に託してくれたものです」

「ふむ……」

――確かに江戸で見掛けぬ葉っぱだが……。

手にとって眺め、おまつを見た。

おまつは言った。

「あした葉なんて、なんだか希望が持てる葉っぱでしょう。希望を持って待っていてくれと仙吉さんが言ってるようで、私、大切に育てていたのです」

その葉が本当に仙吉がおまつによこしてきたものなのか、甚だ怪しい話だとは思ったが、そんな疑いとは別に、おまつがその葉に託した一途な思いだけは否定する訳にはいかなかった。

「もし、その話が本当なら……その者がお前に便宜をはかってきたということなら、俺はその者を咎めはせぬ。ただ、仙吉が江戸に帰ってきて随分になる。それなのにお前の前に一度も姿を現すことなく殺されてしまったその真相は調べなければならぬ。お前が世話になっているその人とは誰のことだ、話してみろ」

強い口調でおまつに言った。

五

交易船『潮丸《うしお》』と取引のある回船問屋『武蔵屋《むさし》』の主忠兵衛《ちゅうべえ》は、相撲取りのような体軀をした男だった。

眉も太く、鼻も口も大きくて、目もまるまるとしていたが、総じて大雑把《ざっぱ》に出来ていたが、そこは回船問屋の主である。腰は低く、人好きのする雰囲気をつくっていた。

平七郎が潮丸の船頭に、鼻の上に黒子のある男がいるのかどうかを尋ねると、

「ああ、竜次《りゅうじ》のことですね」

すぐに返事が返ってきた。しかしすぐに、

「でも二年前でしたか、船主と喧嘩をして、潮丸の船頭はやめております」

と言ったのである。

「何……では他の船に乗っているのか」

「さあ、私の知る限りでは、別の船が雇ったという話も聞いたことはございませんね。その竜次が何か……」

「実はな」

かくかくしかじかだと、おまつの話をして聞かせると、

「立花様は同心でいらっしゃいますから、ご存じかと存じますが、お上の眼を盗んで、流人に物を送るなどということが出来る訳がございません」

武蔵屋の言葉には自信がみえた。

「手紙一通でも、厳しい詮議があるようです。いえ、こちらはですね。諸国の物産を潮丸に積み、かわりに潮丸が積んできた伊豆七島の海草とか織物とか、椿油とか、そういった物を仕入れておりますが、ご存じの通り、潮や風の加減で、年に数回の島との行き来です。それに、年三回はお上の命令で、囚人たちを運ばねばなりません。まあ、いわば、いつも御船手頭様の目が光っております。商人や、まして一介の船頭が、米を運び、金をそっと手渡すなど、出来る筈がございませんよ」

武蔵屋も裕福な身内が島送りになったりした時は、そういった類いの頼みを持って来たことも、これまでにあるのだが、後ろに手が回るようなそんな話は、すべて断っているというのであった。

「そのおまつさんですが、竜次に騙されたのではないでしょうか」

「うむ……」

「竜次は賭場《とば》に出入りしていましたからね。いつもぴーぴー言っていましたよ。私が知る限り、金のためなら何でもやる。そういう男でした」

潮丸の船主と喧嘩した理由もそれだったと言い、

「もともと昔は、花川戸の瓦人足だった男で、あらくれ者です」

と言ったのである。

「何、瓦人足だと」

「まあ、竜次に会いたければ、どこかの賭場を覗くことでしょうね。一日も博打《ばくち》から逃れられない男ですから」

武蔵屋は言い、まだ何か……というような顔をした。

「お前は、あした葉という物を知っているか」

「はい。存じております。八丈島などでは、たくさん生えているようです。今日摘み取っても、明日また新しい葉が伸びてきているといった具合に、尽きることもない葉っぱだと……私も一度食べたことがありましたが、いや、なかなかのものでございました」

「そうか……いや、邪魔をしたな」

平七郎は、番頭が来客を告げたところで腰を上げた。

外に出て来たところで、ばったり読売屋のおこうに会った。

「水臭いじゃありませんか」

おこうはきゅっと睨んだ。

「何が」

「決まってるでしょう。事件のことです。聞きましたよ、秀太さんから」

「ふむ」

「で、分かったんですか、竜次とかいう人のこと」

「いや、それはこれからだ。秀太を呼び出して、手分けして当たってみようと思っていたところだ」

「お手伝いします」

「いいのか」

「もちろん、読売に出せる話なら、こちらに頂きますから」

「それはいいが、たいへんだな、読売という商売も」

「ええ、ですから、読売もいいんですけど、息抜きに読本をやってみようかって考えているんです」

「ほう……読本をな」

「副業としてね。でも、何もかも投げ捨ててお嫁に行った方が楽かなって考える時もあるの」

「なるほどね」

「感心しないで下さいませ」

「怒るな。他に答えようがないではないか」

「だって、少しは心配してくれてもいいんじゃありませんか」

「案じているよ俺は……行き遅れになったりしたら、どうするんだろうってね」

「いじわる」

おこうは、つんとして膨れてみせた。

花のような唇をつぼめてみせるおこうの顔は、まだあどけない童女のようだと、平七郎は苦笑した。

一人の女として見るより、まだどこかに、少女の面影を追っている自分がいるのである。

平七郎の頭の中では、ある一つの思い出が、あまりに印象深いからかもしれなかった。

それは、丁度今頃の季節だった。

平七郎が十二歳の頃、久し振りに読売屋の一文字屋総兵衛がおこうを連れて役宅にやって来たことがある。

総兵衛は、父の代から立花家の役宅に出入りしていた読売屋だが、妻を亡くしていたために、時折おこうを連れて来ていた。

その日も、ちょっとした用事を思い出して立ち寄ったようだったが、大人二人が話し込んでいる間に、おこうが螢《ほたる》を欲しいなどと言い出して、家を出て西に歩き、楓《もみじ》川に行ったことがある。

川に沿って細川越中守《ほそかわえっちゅうのかみ》の上屋敷があるが、道を挟んで新場《しんば》橋があり、二人はその橋の袂にある土手に下りたのである。

ずっと以前から、この楓川べりに夏になるとたくさんの源氏螢が飛び交うことを知っていたからである。

二人は濡れた草むらの陰から十数匹の螢を捕った。

大人たちは夕食の膳についたようで、二人が帰ったことを告げると、里絵が、「あなたたちもお食事をなさい」と声を掛けてくれたのだが、二人はまっすぐ父が書斎にしている小部屋に入った。

食事どころではなかったのである。

すでに外は夕闇に包まれ始めていて、二人が書斎に入って障子を閉めると、部屋は薄暗かった。

「おこう、放すぞ」

平七郎は掌に包むようにして運んで来た源氏螢を部屋のあちこちに放った。

びっくりして飛び立つ螢もいて、おこうは声を上げて嬉しそうな顔をした。

「おこう、ここに座れ」

平七郎は、おこうの手をひっぱって、座敷の真ん中に座った。

座敷といっても四畳半、螢を放すのには丁度良かった。

「あっ、光った」

おこうの歓声が上がったのは、まもなくだった。

外が暗くなるにつれ、部屋の中はいっそう暗くなり、二人は並んであお向けに寝て、

「お兄ちゃま、きれい、きれいね。ああ、お星さまのよう……あっ、あそこに光った」

おこうのはしゃぐ声を聞き、子供心にもなぜか、満ち足りたものを感じたことを思い出

す。

幼くても、一人の女の子のために、いっぱしの仕事をしてやったんだという充実感があったように思われる。

この日、小座敷に並んで寝そべって螢を見たことは、二人だけの秘密、周囲の大人の誰も知らないことだった。

たわいもない秘密だったが、

「ずっと、二人だけの秘密よ」

おしゃまなおこうの言った言葉は、いまだに宝物のように平七郎の心の中にしまわれているのであった。

「何を思い出し笑いをしているのかしら」

つつっとおこうが肩を並べてきて、平七郎の顔を盗み見る。

「何、おこうの知らぬことだ」

平七郎は、はぐらかした。

交易船潮丸の船頭だった竜次が出入りしている賭場を探し当てたのは、読売屋の辰吉だった。

場所は、京橋川《きょうばし》が海に流れ込む寸前に稲荷《いなり》橋があるが、その南にある湊《みなと》町の薪炭《しんたん》問屋の空き地に建つ二階屋だった。

すぐ横の敷地続きには深い樹林が広がっていて、そこに波除《よ》け稲荷といわれている社地四百二十五坪もある稲荷社があった。

この辺りは俗に鉄砲洲《てっぽうず》と呼ばれているところで、江戸開府当時は海だったが、埋め立てられて江戸湊として町が形成されたところである。

大きな船は、この沖で荷物の積み降ろしをする場合も多く、町は船乗りや人夫が多く、出店している店も薪《まき》や炭や醤油や味噌のように、船に積み込む食料品を売る店と、足袋《たび》や股引きなどの衣料品を売る店が混在していた。

平七郎と秀太が駆けつけると、辰吉が雑木の陰に身を隠して、二階屋を睨みつけていた。

「辰吉……」

平七郎たちが近づくと、

「これは旦那」

辰吉が緊張した顔で見迎えた。

「竜次は来ているのか」

「分かりません。昼間っから、船乗り連中やら人足やらが集まって盛況のようですね」

「辰吉、お前はここにいろ。秀太、行くぞ」

平七郎は、緊張と興奮でみるからに固くなっている秀太を従え、空き地にある二階屋に入った。

二階への階段をゆっくり上ると、汗と、汚れた髪の臭いが鼻を突いた。

鼻をつまみたくなるような強烈な臭いだった。

ふんどし姿や、袖無しの短い単衣《ひとえ》を着た男たちは、平七郎たちが上がってきたことも気づかないほど、博打に熱中していたのである。

驚愕して見迎えたのは、部屋の奥から監視している元締めだった。

平七郎は、その元締めに、手入れではないというように頷いてみせ、男たちを見渡した。

鼻の上に黒子があるような男はいなかった。

「旦那……」

元締めが愛想笑いを浮かべながら、平七郎たちに冷や酒を湯のみ茶碗に入れて差し出しながら、

「誰かお探しでござんすか」

追従《ついしょう》するような表情で聞いて来た。

「うむ。この賭場に竜次という男が来ていただろ」

平七郎は腰を落として、元締めの耳元に押し殺した声で聞いた。

「へい。ですが旦那、野郎はしばらくこの賭場には、来ませんぜ」

「何かあったのか」

問い詰めながら、平七郎は用心深く賭場の客に眼を走らせる。

「あいつには五両も貸しが出来たんですよ。その金を持ってこい、そしたら遊ばせてやるってね、ちょいと厳しく言ってやったものですから」

「ほう、職を失って久しい男に、五両もの大金を融通してやるとは、お前さんも懐が深いじゃないか」

「金蔓《づる》がいるんですぜ、あいつには」

「女だな」

険しい眼で見た平七郎に、元締めは慌てて言った。

「詳しいことは知りやせんが、明日までには金をつくって持って来るっていう約束でして」

「何……」

平七郎は、懐から十手を抜くと、

「お前は、竜次がどんなことをしてその金をつくっているのか、知っているか」

「旦那、勘弁して下さいよ。そんなこと、知る訳がございやせん」

「それとも一つ、島帰りの仙吉という男だが、竜次とここにやって来たことはないか」

「いや、来てませんぜ」

「他に竜次の立ち寄る賭場は」

「ここら辺りじゃあ、ねえと存じますよ。相手にしてやってたのは、うちぐらいのもんですから」

元締めの男は、そういうことですからというように、首をすくめた。嘘はないように見受けられた。


その頃おまつは、土間に飛び込んで来た石礫《つぶて》を拾い上げ、愕然として立ち尽くしていた。


首を回して、奥の座敷の小さな台の上にある、仙吉の位牌を見詰めた。

上がり框に腰を据えると、石礫を包んでいる紙を広げた。

——暮六ツ、きのくにはし、五両——

紙にはたどたどしい字で、そうあった。

「これは……」

おまつは、初めて自分が二年間も騙されていたことに気がついた。

春と夏と、そして秋の年三回、おまつはそれまで稼いだ金を、花川戸の瓦師岩五郎に運んでいた。

岩五郎は亭主仙吉と喧嘩になって腕を刺され、仙吉はそれがために島流しになったのである。

いわば憎々しい相手であった。

亭主仙吉は、虫も殺せないような男だった。

それを、その男を激昂させ、しかも親方である岩五郎に向かっていったのには、相当な理由があった筈だと、おまつは考えていた。

そこでおまつは、仙吉が島流しと決まったと知った時、奉行所がその裁断を下した背景には、岩五郎が極刑を望む声を声高に上げていたからだと知った。

確かに師に刃を振るったのだから、罪は重い。死罪になっても文句の言えないところだった。

だが、傷を負わせたとはいえ命に別状はなかった訳で、もし岩五郎が、「喧嘩はたわいもない話から起こったことで、それも二人とも酒が入っていましたから」と状況を正直に届けてくれていれば、仙吉は島流しになぞならなくて済んだのである。

当時仙吉を取り調べた与力からそんな話を聞かされたおまつは、なぜ仙吉が刃物を振り回すことになったのか、喧嘩の理由を知りたくて、鬼師仙吉の下で働いていた見習いの矢《や》市《いち》に聞いてみた。

矢市は、事件が起きてすぐ、親方岩五郎の作業場から姿を消していた。

おまつがようやくその矢市を探し当てた時には、亭主の仙吉は島に流された後だった。

矢市は、喧嘩の理由は、おまつさんの事だったと言った。

仙吉から何も聞いてはいなかったが、岩五郎はたびたび作業場でおまつの話を出し、仙吉には勿体《もったい》ねえ女房だと言っていたらしい。

仙吉はいつもその言葉を苦笑してやりすごしていたが、喧嘩をしたその日は、岩五郎から、

「一度でいいから、おめえの女房を抱いてみてえものだ」

そんなことを言われて、仙吉が怒り出したのが始まりだったと矢市は言った。

「親方は、前々からおまつさんの事を気に掛けていたようです。おまつさん、仕事場に仙吉兄貴の昼飯、運んできてましたでしょ。親方はそれを羨《うらや》ましがっていましたからね。仙

吉兄貴にしてみれば、冗談では済まされなかったのだと思います」

矢市は、気の毒そうに言ったのである。

どうあれ、親方を傷つけてしまった仙吉は、与力の調べでは喧嘩のもともとの理由は述べなかった。

潔《いさぎよ》く罪を償おうとしたのである。

――親方が本当のことをしゃべってくれていたら……。

おまつは岩五郎の度量の狭さを恨めしく思ったのであった。

そんな折、岩五郎から呼び出しがあった。

仙吉が島に流されてから、かれこれ一年になろうとしていた。

恐る恐る岩五郎を訪ねたおまつは、そこで岩五郎から意外な話を持ち掛けられたのである。

「仙吉を助けたかったら、俺の知り合いの男に頼んでやってもいいぜ」

岩五郎は、一年前に傷つけられたことは自分も配慮が足りなかったと言って、せめて仙吉が島で不自由のないように、こちらから手当てをしてやろうじゃないかと言ったのである。

おまつは、岩五郎の言葉を疑いもしなかった。

まもなく、岩五郎は、竜次という船頭を紹介してくれたのである。

竜次は昔、岩五郎の窯《かま》場で、焼き上がった瓦を隅田川べりの河岸まで運ぶ仕事を請け負っていたことがあるのだと言った。

それが今は交易船の船頭として、伊豆七島を毎年回っていて、囚人たちのありさまをよく知っているのだといい、島の暮らしを話してくれたのである。

それによると、例えば八丈島の場合、五カ村に流人たちは振り割りされる訳だが、自力で小屋をつくり、魚介や海草をとって生活するほか術が無く、常に飢餓状態だというのである。

御用船が着けば、金のある者は、穀物を買って食べることが出来るのだが、もともと金など持たずに流された者は、島の百姓の仕事を手伝って、残飯を貰うしか方法がない。

しかしその残飯も、村人そのものが食べている食事が貧しいのだから、栄養などとれる筈がない。

村人も大家から小前百姓まで、食事は海塩で炊いた麦の雑炊、その麦も、家内七人ほどの場合でも麦一合余りに里芋の葉っぱやサツマ芋の切り干し、それにあした葉を入れて炊く。

しかしこの食事が、三月から八月くらいまでずっと変わらず、九月からはサツマ芋が主食で、これが翌年の三月まで続くのだという。

しかしそんな食事でも、村人や流人にとってはご馳走なのだ。

江戸から島に流される時に、多額の金や米などを持っていった者は、村人からも丁重に扱われるが、そうでない者は乞食同然の生活を送らなければならないのだと竜次は言った。

まして、刑期がある訳ではない。

流人は終身刑を言い渡されたも同然なのだ。

救いは御赦免だが、竜次の話によれば、それも島の役人に多額の金を摑ませなければ御赦免の帳面に載せてくれないのだというのであった。

胸がつぶれるような話を、おまつは二人から代わる代わる聞かされて、気を失いそうだった。

岩五郎はひとあたり竜次に説明させると竜次を帰し、

「この期に及んでなんだが、力を合わせてお上に御赦免にしてもらうようにしようじゃないか」

岩五郎にそう言われて手を握られた時、おまつの頭の中には、この人のいう通りにしていれば、きっと仙吉さんは生きて帰ってこれるのだという、悲壮な思いでいっぱいだった。

岩五郎のなすがままに体を与えたのも、そのためだった。

しばらくの間は餓鬼《がき》のようにおまつの体を求めていた岩五郎が、ある日、このままでは送る金が足りないなどと言い出して、おまつにいかがわしい店に勧めるよう勧めたのである。

おまつは、騙されたとは思いたくなかった。

嫌な男に体を与えてまで決心をした思いは実らせなければと、間違いだったなどと考えたくもなかったのである。

材木町の裏店から、幸吉の世話でこの裏店に移って来てからも、人にばらせば仙吉を助け出すことは適わぬと釘を刺され、おまつは幸吉にも何も話さないまま今日まで来ている。

その結果が——確かに仙吉は帰ってきたが、生きて一度も会うこともなく、遺体と対面することになったのである。

おまつは、この春に、仙吉が御用船で帰ってきていたにもかかわらず、去年の秋から働いて溜めていた金七両余りを岩五郎に手渡しているのであった。

いつも金は岩五郎に渡し、岩五郎が船頭の竜次に渡し、竜次がそっと仙吉に手渡してくれるという約束だった。

それぞれが手間賃をとったところで、なにがしかの金は、きっと仙吉さんに渡っている筈だと、おまつは信じ切っていた。

おまつが金を送ったその返事に、託してくれたというあした葉は、どれほどおまつの心を慰めてくれたことだろうか。

しかし、ここにきて、まだ金を出させようとしているからには、おまつは明らかに騙されていたという事になる。おまつは愕然としたのである。

しかも今度は、直接竜次に渡せという事らしい。

おまつは、仙吉の位牌に手を合わせていた顔を上げた。紙のように白い表情のない顔だった。

だが、その表情では窺い知ることの出来ない赤い血が、体の中で猛り狂って縦横に走り抜けていたのである。

おまつは髪を整え、きりりと帯を締め直すと、台所の木箱の中にしまってある包丁をぎゅっと握り締めた。

手ぬぐいを引き裂いて、包丁の柄に巻きつけて、また握ってみる。

おまつが長屋の戸を開けて外に出たのは、路地が薄墨色に染まり始めた頃だった。

六

「何、おまつがいなくなった」

平七郎がおまつの長屋に駆けつけると、家の中から幸吉が、投げ込まれたあの紙を持ち、あたふたと走り出て来たところであった。

「立花様。おまつさんをお助け下さいまし」

幸吉の差し出した紙を急いで読むと、平七郎は秀太を連れて紀伊国橋に走った。

暮れ六ツの鐘は、先ほど鳴っている。

果たして、橋の袂に駆けつけると、橋の下の荷揚げ場に、包丁を手にしたおまつと袖をまくり上げた着流しの男が対峙しているのが見えた。

「おまつ、早まるでない」

平七郎が叫んだ時、はっと見上げたおまつの隙《すき》をついて、男が飛び掛かって包丁を奪い取った。

すかさず男は、おまつの首に腕を巻き、その胸に奪った包丁を突きつけた。

「放せ」

河岸に下りた平七郎が、静かに言った。

「うるせえ。消えろ。お前たちに用はない」

「そっちに用がなくても、こっちにはある。お前だな、竜次というのは」

平七郎は、鼻の上に凶々《まがまが》しい黒子をつけている男に言った。

男はせせら笑うと、おまつを引きずるようにして、後退《あとず》さる。

「仙吉を殺《や》ったのはお前だな。どうせ岩五郎に言われてやったのだろうが、お前は仙吉の遺体が百本杭で揚がったのを知らなかったらしいな。だからおまつからまだ金を騙し取れると思ったのだ」

「来るな。近づくとこの女の命はねえ」

竜次は叫んだ。

「ふむ。俺の推測は間違いないようだな」

じりじりと間隔を詰めながら、平七郎は話を継いだ。

秀太は素早く、竜次の後ろにまわっている。

十手を引き抜いて、目をまんまるくしているところを見ると、秀太はよほど緊張しているらしい。木槌のかわりに手にした十手を持て余しているようだった。

「もう逃げられぬぞ。おまつを放して神妙にしろ。そして、何もかも吐け」

「寄るな……」

後ろに足を置いた竜次の体が、何かにけつまずいて、おまつともどもよろめいた。

「おまつ……」

刹那《せつな》、飛び掛かった平七郎が、おまつを竜次から引き離すと、同時に包丁ももぎ取った。

「秀太、捕り縄を持っているか」

「はい。用意してきました」

真っ白い捕り縄で、秀太が竜次を縛り上げた。

「いてて」

顔をしかめて痛がる竜次に、

「神妙にしろ。北町同心平塚秀太の一番縄、俺のお縄にかかったのはお前が最初だ。有り難いと思え」

興奮した秀太が言った。

「何が有り難く思えだ。ケッ、ついてねえぜ」

竜次が吐き捨てるように言う。

「おまつさん」

橋袂から幸吉が転げるように下りて来た。

「幸吉さん」

おまつが幸吉に走り寄った。

だが次の瞬間、おまつの体はふわりと傾いた。

緊張が解けた途端、一瞬気を失ったようである。

幸吉が思わず抱き留める。

「幸吉、おまつを頼むぞ」

平七郎は二人を残して、秀太と紀伊国橋を後にした。

「きりきり歩け」

どこかの芝居で聞いたような台詞《せりふ》を秀太は言い、胸を張って竜次を引いて行く姿に、平七郎は苦笑した。

岩五郎捕縛に赴《おもむ》いたのは、一刻ほど後のことだった。

花川戸の瓦を焼く作業場の隣に建てた平屋の座敷で、岩五郎は一人で晩酌を楽しんでいた。

「岩五郎、竜次が吐いたぜ。神妙に縛《ばく》につけ」

平七郎が座敷に上がって行くと、岩五郎は鳩が豆鉄砲食らったような顔して見迎えたが、すぐに立ち上がって庭に走った。

だが、その庭に秀太が仁王立ちしているのを見ると、

「うわー」

獣のような声を上げ、平七郎に突進してきた。

平七郎はすいと躱《かわ》すと、走り抜けようとした岩五郎の後ろから襟首を摑んでぐいと引っ張り、こちらに顔を向けさせると、思い切り張り倒した。

「やめろ……やめろ」

はいずり回って逃げようとする岩五郎の胸元をぐいとつかむと、

「竜次が何もかも吐いたぞ。お前は、おまつを騙したばかりか、御赦免になって帰ってきた仙吉が、お前に真っ先に謝りにきたのをよいことに、つかまえてこの家の柱に縛りつけて監禁し、最後には竜次を使って殺し、隅田川に重しをつけて投げ入れたのだ」

今度は拳骨《げんこつ》で、思い切り殴った。

「いいか。あの夫婦は、この世で一番大切なものを、もう少しでつかみとるところだったのだ。それをご破算にした罪は重いぞ」

もう一度殴る。

「お、お許しを」

岩五郎は泣きながら突っ伏した。

そのみすぼらしく情けない姿を睨《ね》めつけながら、平七郎は言いようの知れない悲しみに襲われていた。


「平さん、何見てるんですか」

暮れなずむ紀伊国橋で欄干に寄りかかり、賑《にぎ》やかに繰り出す屋根船を眺めている平七郎の側に、木槌を手にした秀太が近づいて来た。

「何、ちと考えていたのだ」

平七郎は体を起こすと、

「橋の両側で、こうも風景が変わるとはな」

船宿の連なる橋東の木挽町岸と、橋の西にある静かに夜を迎えようとしている三十間堀町に目を遣った。

「ほんとですね」

秀太も感慨深そうに欄干に寄り、橋の両端を眺めて言った。

一方は夜になると、闇に耿々《こうこう》と灯をともし、金の力で人の心さえも買う虚飾の街。

もう一方は、静かに夜を、家族の団欒《だんらん》、夫婦親子の絆を培《つちか》うひとときとする。

いずれも人の営みだが、改めて眺めてみると、その対照が奇異に映る。
ついこの間までおまつもこの橋を、厚化粧をして夜の闇に紛れて渡っていた。
しかしおまつはもう、夜の風に吹かれてこの橋を渡るのを止めた。
幸吉と新たな出発をしようとしているのである。
――おまつの人生はこれからだ……。
それがただ一つの救いだったと、平七郎は考える。
「風が出てきたな……帰るか」
平七郎は秀太に言った。

第四話　朝霧

一

両国橋の西広小路を南に下がると、薬研《やげん》堀と呼ばれる隅田川に通じている掘割がある。

漢方の生薬を粉にする器具に似ていてそう呼ばれるのだが、もともとは御米蔵がここにあって、米を輸送してきた船が接岸されていた堀である。

その米蔵が移転して、跡地は武家地と町屋になり、米沢《よねざわ》町となっているが、堀は薬研の形で一部が残り、隅田川沿いの道を繋《つな》ぐようにその堀に橋が架かっている。

この橋を、元柳《もとやなぎ》橋というのだが、西広小路からこの橋の辺りまでは芝居小屋やさまざまな店が軒を連ね、日々結構な賑わいをみせている。

平七郎も秀太も、この近辺の見回りに来る度に、必ずこの橋の袂《たもと》にやって来ていた。

目当ての五色《ごしき》団子を買うためである。

この辺りは菓子屋も饅頭《まんじゆう》屋も、もちろん団子屋も、とりどりある訳だが、この元柳橋袂で屋台を構えて売っている五色団子は、殊《こと》のほか美味《うま》いという評判をとっていた。

屋号はないが、橋の袂にある夫婦《めおと》柳と呼ばれる柳の木の下あたりで、三十半ばの夫婦者が団子を一串五文で売っていて、人々はこの五色団子を夫婦団子とも呼んでいた。

平七郎の母里絵もこの団子が大好きで、平七郎が両国橋あたりへ見回りに出ると聞くと、かならず団子を買ってきてくれとせがむのであった。

里絵は中年の域になってもまだ、小娘のようなところがあった。

父が母の里絵を後妻にした気持ちが分かる気がして、あれを買ってきて、これを買ってきてと、たわいもない品物の買い物を頼まれる度に、平七郎は苦笑するのであった。

ところが、今日は橋袂にも、その近辺にも、団子売り夫婦の姿は無かった。

「私も母に頼まれていたのですが」

秀太もがっかりした顔で言う。

秀太は役宅に昔乳母《うば》だった老婢と二人暮らしだが、実家は深川の材木商『相模屋』で、そちらには父と母と、兄夫婦が暮らしていた。

母と言ったのは、実家のその母のことである。

「平さん、実は今月に入ってから、ご亭主一人がうかぬ顔をして売っていたんですよ。不審に思っていたんですが、まさか女房に逃げられた訳じゃあないでしょうね」

「ふむ。あり得ないことではないな。女房はあれだけの器量だ。あのむさくるしい男が側にいなければ、声を掛ける男はいくらでもいるだろう」

「でしょ。ちょっと誰かに聞いてみましょうか」

秀太は早速、夫婦柳の近くに店を張る生薬屋に入って行った。

何にでも首を突っ込みたくなるのが秀太の癖だが、平七郎もやはり気になって、秀太の後ろにのこのこくっついて中に入った。

それというのも、もともと団子屋の夫婦は、どことなく曰《いわ》くがあるような雰囲気をもっていたからである。

町人のなりはしていたが、平七郎はもと武家の者だと思っていた。

旦那には商人としての表情の柔らかさが、まず足りなかった。

笑顔で客に声を掛けたり、銭のやりとりをするのはすべて女房の方だった。

旦那は女房の後ろにくっつくようにして、女房と客とのやりとりを聞いていて、無愛想《ぶあいそう》な顔でおもむろに団子を包んでいるだけである。

愛想笑いをたまにする事もあったが、無理やりのつくり笑いであるのが見え見えで、どう考えても客を呼ぶ商いの足しになるとは思えなかった。

旦那は女房殿の用心棒ぐらいな存在だったのではないかと思う。

ただ、旦那は、筋骨逞《たくま》しく、団子の包みを差し出す指に、剣術熱心な者に出来る独特の胼胝《たこ》があった。

一方の女房はというと、色白で、少し切れ長の眼を手もとの団子に落としたりする、そんなふとしたしぐさにも、はっとするような憂《うれ》いがあって、人の女房でなかったら思わず抱き留めてやりたいような、男の心をくすぐるような、そんな雰囲気を漂わせていた。

それに二人には江戸者にはない訛《なま》りがあった。江戸ことばを使ってはいたが、どこか歯切れが悪く、奥州《おうしゅう》の出身かと思われた。無理をして江戸ことばを使っているようだった。

女どもは単純だから、ただ食うことにだけに興味があって、五色の団子は、「桜色でしょ、抹茶色でしょ、そして黒砂糖の茶に、白でしょ、最後に紅の色でしょ」などと、もっぱら五色の鮮やかさに惹《ひ》かれ、団子を買い求めているようだ。しかし、平七郎を含めてたいがいの男どもは、あの女房殿に一瞬見詰められる幸せを得るために、団子をもとめていたようなものである。

味は悪くはなく美味《うま》かったが、屋台が繁盛していたのは、五色という見た目の美しさと、あの曰くありげな夫婦の姿に興味があったからに他ならない。

「そこの木の下で売っていたろう？……あの団子屋だ」

秀太は、店の上がり框《かまち》に両膝をついた番頭風の男に、表の柳の木を指して言った。

「ああ……はいはい、あの夫婦連れの団子屋さんですね」

「そうだ。いつから店を出すのを止めたのだ」

「止めたというより、おかみさんが病気になったのですよ」

「ええ、半月ほどはご亭主一人で店を出しておりましたが、おかみさんの病状がだんだん悪くなりましたようで、団子も作れなくなったとかで、ひき払ってしまいました」

「病気……」

「……」

「最初のうちは、めまいがするとかで、うちで勧めた血の道の薬を飲んでいたのですが、近頃ではお医者さんにかかっているとか言ってましたね」

「血の道の病気でな」

「いえいえ、おそらく……あのお薬が効かなかったところをみると、別の病気だったのだと思います」

「気の毒な話だ」

「人気がありましたからね、五色団子は……贔屓《ひいき》のお客さんがいまだに訪ねて参られます。まあでも、あの店はおしのさんでもっていたのですから、そのおしのさんが病気になっては、どうしようもございません」

番頭は気の毒そうな顔をした。

「おしのというのか、あの内儀は」

平七郎が聞いた。

「はい。ご亭主は格助《かくすけ》さんといいまして、仲睦《むつ》まじいご夫婦でしたが……」

せっかく繁盛し始めたばかりなのにと、番頭もかなり二人のことを気にしていたのか、住まいは、そこの米沢町らしいなどと話してくれたのだった。

二人はそれで店を出た。

拍子抜けしたような気持ちになって、両国橋の西袂までやってきた時である。

橋の中程で人の流れがとまり、騒いでいるのが目に留まった。

「秀太」

平七郎は秀太を促《うなが》して、橋の上に走る。

「どけどけ、橋の上で足を止めるな」

掻《か》き分けるようにして割って入り一喝した。

橋の上に人があふれれば、かつての永代橋が落ちたように、大惨事を招くことになる。

隅田川に架かる橋は、初夏から秋口までは船遊山《ふなゆさん》で、度々花火を上げ、「絃歌鼓吹《げんかこすい》は耳に満ちてかまびすしく、実に大江戸の盛事なり」と表現されるごとく賑《にぎにぎ》々しく、橋の上から見物する輩《やから》が多く、常に警戒を怠ってはならないのである。

夕刻にはまだ早い時刻だが、往来の人も年々増えるようで、橋廻り同心の頭の痛いところであった。

「お役人様、病人でございますよ」

町人の一人が、平七郎の袖を引っ張るようにして、人溜まりができている欄干の中央に導いた。

「みんな、退《の》いてくんな。お役人様だ」

男が絶叫すると、俄《にわ》かに人の輪が解けて、欄干の側で蹲《うずくま》っている若い女が目に留まった。

女は手甲脚半《てつこうきやはん》の旅姿で、どうやらこの江戸に着いて間もない者と思われた。

「娘ご、いかが致した」

女の側にしゃがみこんで平七郎は尋ねたが、女は脂汗《あぶらあせ》を浮かべ、顔を歪《ゆが》めて腹を抱えているのである。

「胃の腑か……」

女は首を左右に振ると、返事をするのも苦痛のようで、

「しゃ、癪《しゃく》です……」

そう答えるのが精一杯の様子であった。

「秀太、松本《まつもと》屋まで運ぶぞ」

松本屋藤十郎《とうじゆうろう》は和漢薬種問屋、砂糖問屋、絵具染物問屋と、米沢町一丁目ではいくつも店を出している顔役で、両国橋管理も任されている男である。

「承知」

野次馬を制していた秀太は頼もしく返事をして走り寄ると、二人して女を両脇から抱えるようにして、松本屋に運んだ。

そこで商談用の小座敷を借り、手代から痛みをとり気を鎮める薬を施されると、女はしばらくすると痛みが引いたらしく、苦しんでいたのが嘘のような顔をして、膝を直すと二人に頭を下げた。

「お世話をお掛け致しました。妙《たえ》と申します。元陸奥上松《むつうえまつ》藩士島岡甚左衛門《しまおかじんざえもん》の娘です。訳あって江戸に参りました。ご恩は忘れませぬ」

しっかりとした、澱《よど》みのない口調だった。

「供もなくお一人で参られたのか」

「はい」

「どんな訳があるのか知らぬが、行く先は？……藩邸に参られるつもりなのか」

「いえ……」

妙という娘は言葉を濁した。その顔にはたちまち不安な表情が浮かんでいた。

「藩邸ではないとすると、知り合いのところに参られるのか」

「いえ……」

「宿は」

「いえ……」

「何……なんの当てもなく、江戸に出てきたのか」

平七郎と秀太は、あきれ顔で見合わせた。

その時だった。

「お願いがございます」

妙は再び手をついて、改まった顔を上げた。

「お助け頂いて、この上に厚かましくは存じますが、どこかの剣術道場にわたくしをお世話して頂けないでしょうか」

妙は見たところ、目鼻が整っていて、きりりとした娘だが、まだ世俗に染まっていない純真なものがあるように見受けられた。

あまりにも突拍子もない申し出に、二人は驚いたのである。

「異なことを申される。女の身で、まさか剣術の指南を願っている訳ではあるまい」

「いえ、その指南をお願いしたく存じます。わたくしは小太刀の心得は少しございますが、もう少し技を身につけたいと存じます。ただ、束脩《そくしゅう》をおさめる金子《きんす》がございません。わたくしを女中として雇って頂き、門弟の皆様がお帰りになった後で、少し手解きを頂ければ嬉しいのですが」

「女中をしながら剣の修行をしたいというのか」

「はい。お洗濯もお掃除も厭《いと》いません。料理は、あまり上手とはいえないかも知れませんが、一所懸命勤めます」

「しかし、そのような事をせずとも、藩邸に参られれば、今言った望みは叶《かな》えられるのではないかな」

「藩邸には参れません。家禄は三年前に召し上げられております」

「何……」

「わたくしは父の縁者の家の世話になっておりましたが、そこを飛び出して参りましたゆえ」

——やはりな……。

平七郎は、妙の話を聞いていて、ひょっとして家出娘ではないかと危惧《きぐ》していたのであった。

妙は、寂しげに言った。

「両親はおりませんし、兄弟もおりません」

言ってから妙は、堪《こら》えきれないように唇を嚙《か》み締めた。

「そういうことなら尚更《なおさら》だ。家出娘の願いを聞いてやることは出来ぬ。国元の縁者のもとに帰られよ。みな、心配しているぞ」

平七郎は厳しい口調で、諭《さと》すように妙に言った。

「私は厄介《やっかい》者です。帰ることは出来ません。どうぞお力をお貸し下さいませ」

妙は必死に訴える。妙には、深い事情があるようだった。

「困ったな」

平七郎は腕を組んだ。

妙は頑として、国に帰ることを拒《こば》んでいる。

たとえこの江戸から追い返しても、また、舞い戻って来るに違いない。

かと言って、どこの道場がこんな娘一人を置いてくれるというのだろうか。置いてくれたとしても、周りは血の気の多い男ばかり、稽古《けいこ》をつけてくれるどころか妙の身に不測の事態が起こる心配の方が大きいというものだ。

力にはなってやりたいが、妙の思いを叶えてやるのは難しい話だと考えていた。

するとその時、

「これはこれは、立花様。外出致しておりまして失礼致しました。でも、大事なくてよろしゅうございました」

松本屋の主が顔を出した。

いきさつは店の者から聞いて察しているとみえ、妙を見てにこにこ笑っている。

「長旅の疲れが出たのでございましょう」

「松本屋、お前の知っている道場主で、この娘ごを預かってくれるようなところは知らぬか」

平七郎は、掻《か》い摘《つ》まんで訳を話し、松本屋に尋ねてみた。

「そうでございますね。私もそういうことになりますと……平七郎様がよくご存じの、千《ち》葉《ば》先生のところはどんなものでしょうか」

千葉先生とは千葉周作《しゅうさく》のことで、その道場とは先年神田《かんだ》お玉《たま》ケ池に開設した『玄武館《げんぶ》』のことを言っている。

平七郎は、千葉周作がお玉ケ池に開設する以前から門弟として、長年師の元に通っていた。

しかしお玉ケ池に道場が移ったのは、平七郎が父の跡を継ぎ、同心となり、道場にも通わなくなった後のことで、今の玄武館に馴染《なじ》みが深いわけではない。

非番の時に、ときおり道場を覗き、師の顔を仰ぎに行くぐらいのことである。

玄武館に通ってきている門弟たちの顔も、ほとんどが知らない顔になっていて、気楽に頼みごとをするような男もいないのであった。

しかし松本屋は、そんなことは頓着なしに、

「このお方は、北辰一刀流免許皆伝の腕をお持ちのお方ですよ」

などと妙に言い、女中が持ってきた新しいお茶を妙に勧めた。

妙は、それを聞くと、平七郎にいっそう期待している眼を向けて来た。

その顔に困惑しつつ、

——たとえ玄武館に頼めたとしても門弟が多すぎる、妙の望みを満たすには道場が大きすぎる。

平七郎はそう思った。

道場は女の遊び場所ではない。剣術は三味線などの稽古ごととは違うのである。

しかしそこまで考えて、

「そうか……」

平七郎は、あることに思い当たった。

「そういう訳だ。おぬしのところは、まだ道場を開いて間もないだろう。人手もいる」

平七郎は、道場の片隅に膝を揃えて座っている妙にちらりと視線を投げると、上村《かみむら》左馬《さまの》助《すけ》に眼を戻した。

二

左馬助は、平七郎とは同門で、かつて千葉道場では三羽烏《さんばがらす》といわれた男である。

だが左馬助は千葉道場に通っていた頃から浪人で、自分の道場を開くために、日雇稼ぎなどをしてようやく一年前に、この久松《ひさまつ》町に稽古場十坪ほどの道場を開いていた。

道場の前には栄《さかえ》橋という浜町川に架かる橋があって、川の向こうは町屋が続く富沢《とみざわ》町だが、橋のこちら側、左馬助の道場がある裏手には武家屋敷が相当数あった。

左馬助は、この武家屋敷を目当てに道場を開設したらしいが、少し足を延ばして神田《かんば》あたりまで行けば、千葉道場はじめ有名な道場が点在しているために、門弟集めは芳しくないようだ。

現在いる門弟も、武家の師弟より町人が多いらしいが、細々とやっている道場だからこそ、妙の話も頼めると平七郎は踏んだのである。

しかも、道場を開設したおり、住込みの飯炊き婆さんが病弱で困るなどと左馬助がこぼしていたのを、平七郎は覚えていた。

事実、その婆さんは時々腰が痛いといっては、飯炊きも休みがちで、住まいは取り散らかったままだった。

二人のひそひそ話は、向こうの隅の壁にくっつくように座っている妙には聞こえる筈もないのだが、

「しかし、若い女子は困る。大いに困る」

左馬助は体軀に似合わず純情な男である。小さな声で言い、困惑した顔をみせた。

「道場の他に、部屋はいくつある」

「四部屋あるが、ひと部屋は婆さんが使っている」

「じゃあ、問題ないな」

「待てよ。いつまでなんだ。期限を切っての話ならな」

「そんなことは聞いていないが、そのうちに音《ね》を上げるに違いない。長く続くようならば、近くで裏店でも探さねばならぬだろうが」

「ふーむ。おぬしの強引さには屈するほかないか」

「恩に着る。それとな。ただ一つ、条件がある」

「何……人に頼みごとをして、この上にまだ条件があるのか」

「さっきも言ったように、家の手伝いをするかわりに、時々剣術の稽古をつけてやって欲しいのだが」

「分かった。俺は女だからと言って容赦はせぬぞ」

左馬助は、かんらかんらと笑ってみせた。


その左馬助が神妙な顔をして、平七郎が住む八丁堀の役宅に姿を現したのは、十日も過ぎた頃だった。

七夕飾りに使う篠竹を買ってきてほしいと、母の里絵から言われて出掛けようとしたところに、左馬助がやってきたのである。

「よう……出かけるのか」

左馬助は困惑した顔をむけた。

「いや、母の使いだが、歩きながらではまずいか」

「かまわん。いずれにしても、道場まで来てもらいたいと思って来たのだ」

「何だ。そのうちに立ち寄ろうと思っていたところだ。ほったらかしにしているのではないぞ。勤めがあるからな、思い通りにはいかぬよ」

平七郎は、役宅の外に出ると、まずそう告げた。

事実非番でもないのに、母は用をいいつけるのである。

「それはいいのだが、おぬし、あの娘が敵《かたき》討ちのために江戸に出てきたという話を聞いているのか」

「いや……敵討ちか。訳ありだとは思っていたのだが、そうか、敵を討つために江戸にな……それで剣術を習いたいなどと」

「俺も直接聞いた訳ではないが……俺が問い質《ただ》そうとすると、するりと身を躱して、すっとどこかに行ってしまうのだ。聞いたのは婆さんだ」

夕刻飯を炊く時間になると、妙が剣術の稽古を左馬助にせがむため、婆さんが剣術の稽古はせめて二日に一度にして、家事に手を貸して欲しいと妙に文句を言ったところ、妙は婆さんにぽろっと江戸に出た訳を漏らしたというのである。

それで婆さんが、左馬助に告げ口をしたということだった。

「そんな重荷を背負った身の上とはな……。本人の健気《けなげ》な思いはともかく、本物の敵討ちとなれば女が少々木刀を振り回しても、どうなるものでもない。俺は責任を負いかねる」

「ふーむ」

「熱心なのは熱心なのだ。鬼のような顔をしてこの俺にかかって来る」

「分かった。詳しい理由も聞かずにおぬしに押しつけた俺にも責任がある。妙殿に会おう」

平七郎は左馬助の後に従って、久松町の左馬助の道場に入った。

「あら、おかえりなさいませ」

二の腕をおしげもなく出して、妙は水桶を井戸から運んでいた。

「平七郎が、あんたに話があると言っている」

左馬助が告げると、妙は俯《うつむ》いて「はい」と言った。

どうやら、なぜ平七郎が訪ねてきたのか察しているようだった。

「どうぞ、ごゆっくり」

婆さんは二人が腰掛けた縁側に茶を入れて持って来ると、

「いてて」

などと大袈裟《おおげさ》に腰を叩いて、妙を一瞥《いちべつ》して台所に消えた。

腰の痛いのも妙という厄介者のせいだといわんばかりの様子である。

「さて、他でもないのだが、妙殿が江戸にやってきた目的は……」

俯いている妙に、平七郎が聞いた。

妙の顔が俄かに緊張した。

「先程の婆さんに言ったそうだな。敵を討つためにやってきたのだと」

妙の表情に動揺の色が見えた。それを確かめて、平七郎は話を継いだ。

「正直に話してくれねば、あんたをここに置くのは難しい。敵討ちなどという荷物を背負っている者を、引き受けかねると左馬助は言っているのだ」

平七郎が見詰めるが、妙の返事はすぐにはなかった。

だが、まもなく、縋《すが》るような顔を向けて来た。

「ご迷惑はおかけしません。ですから、もう少しここに置いて下さいませ」

「……」

「確かに、私は父の敵を討つために、この江戸に参りました。参勤交代で国に帰って参りましたある人から、父の敵をこの御府内で見たとお聞きしました。いてもたってもいられなくなりまして、家を飛び出してきたのでございます」

妙は手をついて平七郎をまっすぐ見て言った。覚悟のほどがうかがえる。

妙の話によれば、妙の父島岡甚左衛門は、国では勘定《かんじよう》方の運上金・冥加《みようが》金を扱う運上掛という部署の組頭だった。

配下の者は五人、毎年、新しい年の初めには、出納《すいとう》帳を提出するのにおおわらわで、その頃には下城は常より遅かった。

たいがいは七ツには城を下がるのだが、この頃になると暮六ツになったり、五ツになったりすることもあった。

三年前の夕刻のこと、お針のお稽古で少し遅くなって、町の師匠の家から組の役宅まで急いで帰ってきたところ、役宅の入り口近くにあるお稲荷さんで、父の声を聞いた。

何か恐ろしげな声をしていて、妙はおそるおそる稲荷の境内《けいだい》に入って行った。

すると父は、若い武家と対峙していて、言い争っているようだったが、次の瞬間、父が刀を抜くのが見えた。

びっくりして家に飛んで帰った妙は、母に事の次第を報告し、早く二人の争いを止めさせてほしいと頼んだのである。

「あなたは、ここにいらっしゃい」

母は飛び出して行った。

だが、その母も半刻たっても帰ってこない。

心配になって稲荷の境内を覗きに行った妙は、死体となって転がっている父を見つけて走り寄った。

だがそこには母の姿も、相手の武家の姿もなかったのである。

すぐに、同じ役宅に住む隣人の家に飛び込んだのだが、まもなくのこと、父は配下の橋《はし》本格之進《もとかくのしん》に殺されたのだと判明した。

母は、格之進が国を出奔《しゅっぽん》する時の人質かと思われていたが、やがて斬り合いが私闘だとされ、その原因が母の存在だったと囁《ささや》かれ始めた時の妙の苦悩は、表現のしようもなかった。

私闘と判断が下されたことにより、二つの家はその場で断絶と決まったのである。

お家が断絶となれば、糊口をしのぐ術のない家族は翌日から飢えるしかない。

父を斬った格之進は母と二人暮らしだった。

その母は、息子を信じて頑張っていたらしいが、精も根も尽きてやがて亡くなった。

一方の妙の家も、残されたのは妙一人、そこで親戚に引き取られたのだが、格之進への恨み、母への恨みは日増しに強くなり、十八になったところで、家出をしてきたのだと言うのであった。

「ふーむ。しかし、私闘の原因が母御だという話だが、どんな子細があったというのだ」

「母は、継母でした。当時二十八歳で、母というより姉のような若やいだ人でした。志乃《しの》という人でしたが、後になって親戚の者たちから、志乃さんは逃げた格之進殿とは、昔いい仲だったらしいじゃないか。そんな人を後妻に据えるから、こんなことになったのだと……」

妙は親戚の者たちから非難がましく言われたのであった。

――待てよ……。

平七郎は首をひねった。

――妙の敵の名は、格之進と志乃……。

どこかで聞いたような名前だと思ったら、元柳橋の袂で五色団子を売っていた夫婦者も、格助とおしのと言った筈だと思い出した。

しかも、あの二人には妙と同じ訛りがあった。

「立花様。母は、いいえ、志乃という人は、橋本格之進と不義を働き、それが父にばれて斬り合いとなり、父を殺して国を出奔したのです。許す訳にはまいりません」

「おいおい、不義を働いたかどうか、そんなことは分からないではないか」

「いいえ、そうに決まってます」

「何故《なにゆえ》そう決めつけるのだ」

「あの人は、所詮、妻として生きるよりも、女として生きることを選んだのです」

憎悪の眼で、睨んできた。

そこには、行き暮れて、腹を抱えて橋の上で蹲っていた、あのはかなげな娘とはまったく別の女がいた。

平七郎の母も義理の母である。

しかし、一度も母に憎しみを感じたことのない平七郎には、妙の憎しみが理解できかねていた。

「妙殿、義理の母だからといって、そんな風に悪《あ》しざまに仕立てあげるものではないぞ。実は俺の母も若い義母だ。しかし俺は恩義は感じてはいるが恨んだことはない」

「志乃さんは父を裏切ったのです。一太刀浴びせなければ、私の気持ちがおさまりません」

妙の憎しみは凝《こ》り固まっていて、容易に解けそうもないようだ。

「しかし、仮にそうであっても、あんたの剣では格之進とかいう者に太刀打ち出来まい。たとえ相手の腕がさほどのものでないにしても、あんたの俄か剣法には勝ると考えねばならぬ。仮にあんたが敵を討ったところで、もはやお家再興はかなわぬ。憎しみの報復は、新たな憎しみを生むだけだ。それに、返り討ちされるかもしれぬのだ。どうだ。他の道を歩んだ方がいいのではないかな」

「他に道はございません。私は自分の命を惜《お》しいなどとは思っておりません。一矢報いることが出来たなら、その場で斬り殺されても悔いはございません」

妙は頑として、どうしても仇《あだ》討ちをするのだと聞かないのである。

結局友人の左馬助には、今しばらく妙を置いてやってくれ、こちらも調べたいことがある、責任は俺が負うなどとひたすら説得して、平七郎は久松町の道場を後にした。

三

「おい。店が張り出し過ぎだ。も少しひっこめろ。往来の邪魔になる」

平七郎は木槌を振って、橋の袂に屋台を出している飴《あめ》屋の『川口屋《かわぐち》』に注意を与えた。

川口屋の飴は安いのが売りで、手軽に買えるものだからたいそうな評判である。

ずっと両国橋西広小路の北詰めに屋台を出している常連だが、今日は一尺ばかり普段の位置から人通りの中に張り出していた。

「あいすみません、旦那。先程通り雨がありまして、それで後ろに水溜まりが出来ているんですよ。足元が濡れますので、今日だけはご勘弁くださいませ」

「ふむ」

飴屋の後ろを覗くと、なるほど大きな水溜まりが出来ていた。

「しかし、お前の店だけに目こぼしする訳にはいかぬ。ここに店を出したかったら、後ろの水溜まりを土か砂で埋めろ。それぐらいの配慮がなくて、このようないい場所に店を張るとは図々しいぞ」

「おっしゃる通りでございます。すぐに手当てを致しますので、はい」

飴売りの男は、手を揉《も》むようにして頭を下げた。

「すぐに埋めろ」

平七郎は厳しく言うと、広小路から南に足を向け、元柳橋から薬研堀埋め立て地の町屋に向かった。

今朝から神田川に架かる柳橋や両国橋を調べていたが、昼過ぎに通り雨が来て、橋の見回りは中断した。

それで秀太は上役の大村虎之助に報告に行き、今日の橋廻りはこれまでとしたのである。

しかし平七郎は蕎麦《そば》屋で雨をやり過ごし、米沢町一丁目、二丁目、そして三丁目の人別帳を調べてまわった。

五色団子売りの格助夫婦が、米沢町のそのあたりに住んでいると、先日、元柳橋袂の生薬屋の番頭から聞いていたからである。

人別帳は、家持、家主、地借、店借とも、本人はもとより家族、召使、同居人に至るまで記載されている帳面で、それには、生国、菩提《ぼだい》寺、年齢まで記されている。

毎年この人別帳は三冊作られていて、一冊は北町奉行所に、もう一冊は南町奉行所に、そして残りの一冊は名主が保管しているのであった。

特に名主が保管している帳簿には、提出した後の翌年までの人の移動も詳細に記されているから、誰がどこに住んでいるのか一目瞭然だった。

ただ、いつの世もそうだが、裏店に住む者の中には、人別帳記載の名や生まれに間違いがあったり、欠け落ちがあったりしたのはいうまでもない。

はたして、五色団子屋の夫婦の名は、米沢三町には見つからなかったのである。

そうは言っても、元柳橋に店を出していた夫婦である。近隣に住んでいることは間違いなかった。

それで薬研堀埋め立て地に向かったのだが、それで分からなければ、近隣の町医者を一軒一軒、当たってみようと考えていた。

もともと五色団子屋は気になっていたが、妙の敵討ちの話を聞いて、調べずにはいられなくなったのである。

「平さん、こっち」

薬研堀の堀留になっている辺りで、秀太が手まねいているのを見て、びっくりした。

「秀太……報告はどうしたのだ。済ませたのか」

「まさか。それは明日にします。それより、見つけましたよ」

「何を」

「あの夫婦の住家ですよ」

「まことか」

「はい。薬研堀不動尊近くに茶問屋の『井筒屋《いづつ》』がありますが、その裏店です」

「よし、行ってみよう」

「なかなかのものでしょ、私も」

秀太はせわしなく案内の足を急がせながら、平七郎に得意げな顔を向けてにやりと笑った。

「ほら、そこの看板『井筒屋』とあるでしょう。その裏です」

平七郎は、秀太の後ろに従って、裏店の木戸に踏み込んだ。

雨上がりの太陽が、先程から遠慮がちに降り注いできてはいるが、長屋の路地はまだ黒々と濡れていた。

「平さん」

秀太が溝板《どぶ》の上に立ち止まって、一軒の家に顔を向けた。

表もそうだが家の中も、しんと静まりかえっていた。

戸の前に立とうとして近づいた時、がらりと戸が開いて、金盥《かなだらい》を両手に持ったあの格助が家から出てきた。

格助は、声にならない声を上げ、平七郎と秀太を見た。

「お内儀の体がよくないようですな」

平七郎は、金盥の中をちらりと見た。水を張った盥に手ぬぐいが浮かんでいた。

「何か」

格助はこわ張った顔で平七郎と秀太を見た。

「団子の店はもう出さないのですか」

秀太が人懐っこい顔をみせる。

「団子は、もうやめました」

格助は金盥を持って井戸端に移動する。

「いや、ちとあんたに聞きたい事があって参ったのだが……」

その格助を追っかけるようにして平七郎も秀太も歩く。

「私に……」

「いやいや、どうこうしようというのではない。誤解してもらっては困る。この男が言ったように俺たちはあんたの店の団子が好きでな。何度も買いもとめていた」

「どうも」

格助は警戒の色を浮かべながらも、ぺこりと頭を下げた。

「ところが、お内儀が病気で店を休んでいると聞いた。それでまあ、二人の行く末を案じて参ったのだ。まあ、いわばお節介なのだが、どうかな。お内儀の具合に支障がなければその辺りで」

格助の横顔は板のように固まっていた。その顔は明らかに迷惑だといわんばかりの拒絶の顔だった。格助は黙って井戸から水を汲み金盥の水を替えた。ややあって思い直したように、

「分かりました。ではすぐそこの不動尊の境内で……」

小さい声で言い、すぐに我が家にとって返すと、

「お待たせ致しました」

平七郎たちに従った。

「余計な詮索《せんさく》だと思われるだろうが、今話したように、妙という娘が探している御仁はあんたたち夫婦ではないかと思ったのだ。もしそうならば、娘の話の真偽を確かめたいと思ってな。正直俺は、敵を討つのなんのという話は好きではないのだ。暴力で相手を制して

も、残るのは悲しみと憎しみだけだ。多くの犯罪を見てきた俺なりの考えだ。格助さんと言ったな。俺の勘は外れているかな」

平七郎は妙の話を告げ、黙然《もくぜん》として聞いている格助の顔を窺《うかが》った。

格助を挟むようにして、三人は不動尊内に店を張る茶店の台に腰掛けている。

その茶店が大きな桜の木の下にあるものだから、葉の茂る桜の枝が風に揺れるたびに、葉の影と木洩《こも》れ日が、緊張した格助の顔に紋様をつくるのである。

雨上がりという事もあり陽射しは柔らかだが、地に落ちる光は白く、それは真夏の照りが、すぐそこまで来ていることの証しだった。

「立花さん」

格助が顔を上げた。

顔には迷いの色が消え、平七郎を見詰めてきた眼に、揺るぎない決心が見えた。

「分かりました。立花さんに隠していたところで、きっとあなたのことだ。調べ上げるに違いない。本当のことを話します」

「ふむ」

「私はお察しの通り、橋本格之進でございます。そして、一緒にいる人は、島岡甚左衛門殿の妻で志乃」

「確かに結果として不義があったと言われても致し方ござらぬ。国を出奔してこの江戸に来て、しかも町人のなりをして二人で暮らしている訳ですから……しかし、島岡殿と剣を交えたのは、そういう個人的なことではござらぬ。藩政を思うがための結果でござった」

格之進は足もとの木洩《こも》れ日の動きを見詰めて言った。

「やはりな……」

いつかこの日の来るのを予測していた、そんな気配が窺《うかが》えた。

格之進の話によれば、そのころ運上掛は帳簿の整理に追われていた。

格之進は、整理された帳簿と運上金の額とを突き合わせていたが、帳簿上の金額と実際の金庫の金に五十両近くの差があることに気づいたのである。

金庫の金が足りなかったのである。

それで上役である島岡甚左衛門に密《ひそ》かに問い合わせたところ、甚左衛門は青い顔をして、さる商人からの運上金の額の記載を間違えたのだと弁明した。

以前から、商人の口から漏れてくる金額と、実際に上がって来る金額に違いがあったりして、同輩はみな、誰かが公金を横領しているのではないかと囁いていた。

その誰かというのは、もちろん上役の島岡甚左衛門のことだった。

しかし、甚左衛門は生来恬澹《てんたん》な人物として知られていた人である。

物欲に拘《こだわ》る人ではないというのが、下で働く者たちの一様の評価であった。

格之進も甚左衛門を疑ってはみたものの、まさかという気持ちもむろん一方ではあった。

それというのも甚左衛門の生活は、他の組頭などから比べると、つとに質素で、奢《おご》ったところは少しも見られなかったからである。

とはいえ、真相をつきとめねば……。格之進はそう考えていた。

帳簿は書き直せばそれで済むかもしれないが、このまま見て見ぬふりは出来ぬ。

そこで格之進は生糸《きいと》問屋仲間から、毎年藩に納めている運上金の額を聞き出した。

すると、年間にして二十両あまりが、帳簿に上がってきた金額と違うことを知った。

さらに、他の問屋仲間を調べたところ、そこも年間にして十両もの差がある事が判明した。どうやら幾つかの問屋仲間から、鼠《ねずみ》が餌をひいていくように少しずつピンはねしている事が判明したのである。

格之進はこの頃になると、何かに魅入られたように不正を暴くことだけに神経を集中するようになっていた。

やがて、あろうことか、甚左衛門が二重帳簿によって運上金をごまかして、そのごまかした金を勘定奉行に手渡しているのを突き止めたのである。

運上掛は勘定方の下に組織されている部署で、出世の道として、運上掛から勘定方に、そして勘定方組頭へと上るのである。

——まさか、出世を望んで不正に手を貸している訳でもあるまいに。

島岡甚左衛門を問い詰めるために、格之進はその日、待ち伏せしていたのである。

「しかし……」

格之進はそこまで話すと言葉を切った。

淡々と話していた格之進の顔に、悔恨の色が差した。

平七郎は声を掛けた。

「格之進殿……」

武士として、格之進の苦悩が分からぬ訳ではない。

平七郎が格之進であったとしても、きっと見過ごすことは出来ないのではないかと思っている。

ただ、不正を見過ごすことも糺《ただ》すことも、いずれも苦痛を伴うのはいうまでもない。

はたして、格之進は苦しげな表情で平七郎に告げた。

「私は甚左衛門殿を待ち伏せし、声を掛けた瞬間に、後悔していました。私は本当に正義のために待ち伏せをしていたのだろうかと……相手が、甚左衛門殿だったから、許せなかったのではないかと……」

「志乃殿のことですか」

格之進は頷いた。そして言った。

「私は志乃殿を……嫁にするなら志乃殿の他にはいないと考えておりました。志乃殿は父上を早くに亡くされて、母上と二人で暮らしておりました。あてがい扶持《ぶち》を藩から支給して貰って、母娘《おやこ》が内職をしてようやく暮らしを立てておりました。その志乃殿を遠くから見ていて、私は幸せにしてやりたいと思っていたのです。ひどく傲慢《ごうまん》な話でお恥ずかしいが、事実、志乃殿には私の気持ちも伝えておりました。志乃殿も私の母の許可が下りればお言葉に従いますと言ってくれたのです。ところが、突然甚左衛門の妻になったのです。自分の懐からさらわれたような気分でした。そういう過去があったから甚左衛門を問い詰める気持ちになったのではないかと、その時突然思ったのです」

「ふむ……」

平七郎は、影を落とした格之進の頰を見て、この男は正直者だと考えていた。自身に不利になることでも正直に吐露《とろ》する姿勢を見て、この男の話す内容には間違いがないだろうと思っていた。

「立花殿」

格之進の声が俄かに緊張を帯びていた。

「私はしかし、迷いを払って、甚左衛門殿を糺しました。あなたのその懐の中には、不正の証拠の帳面がある。私はそれを見届けて申し上げているのですと……」

すると、甚左衛門が突然刀を抜いたというのであった。

その時、目の端に妙が慌てて木の陰から走り去るのを、格之進は見届けている。

甚左衛門は抜刀したまま格之進に言った。

「目をつぶってくれ。格之進」

「なぜです。あなたらしくもない。なぜ、不正に手を染めるのです」

「仕方がなかったのだ。避けられなかったのだ」

甚左衛門は苦痛に歪《ゆが》む顔で訴えた。

志乃を妻にする以前の話だが、一度目の妻が不治の病にかかり、医者から病気を治すには高麗人参《こうらいにんじん》が必要だと言われた甚左衛門は、一度だけだが運上金に手をつけたことがあった。

手をつけたのは三両だった。

誰にも気づかれていないと思っていたのだが、勘定奉行棚橋玄蕃《たなはしげんば》に呼び出され、公金を横領したことを咎《とが》められた。

甚左衛門はその三両を返金すると言い、平伏したが、玄蕃は今後運上金の一部を密かに奉行に献上すれば、甚左衛門が起こした罪は不問に附すと言ったのである。

運上金ピンはねは、それが始まりだったというのである。

後妻に志乃を世話してくれたのも玄蕃だった。

玄蕃はそうして、甚左衛門を悪の道から抜け出せないようにしたのである。

甚左衛門は、自身の苦悩を吐露した上で、黙って見過ごしてくれるよう、格之進に懇願したのである。

「それなら尚更、三両の金を流用したのはあなたが悪いが、もっと悪いのはお奉行ではありませんか。これこれしかじかと訴えれば、罰を受けるのはお奉行です。あなたもなにがしかの罰を受けるかもしれませんが、志乃殿だってそれを望むはず、私も助言します。そうして下さい」

格之進はその時、心底そう思った。

かつて自分の妻にと望んだ志乃の不幸を喜べる筈がない。

ところが甚左衛門は、

「分かったぞ。おぬしは、俺が志乃を妻にしたことが気に食わなかったのだ。だから俺を貶《おと》しめるために。そうだろう、抜け」

甚左衛門は、いきなり斬りかかってきた。

「お止め下さい。私はあなたを斬りたくない」

振りおろしてきた甚左衛門の第一刀を躱して後に下がり、格之進は叫ぶ。

だが甚左衛門は聞かなかった。

再び姿勢を整えると、じりじりと迫ってきた。

その時である。

「お待ち下さいませ」

志乃が飛び込んできたのである。

「あなた、格之進様のおっしゃる通りです。わたくしも実は密かに案じておりました。どうか、勇気を出して不正をお届け下さいませ」

志乃は、格之進の前に立ち塞がった。

「志乃、お前は……」

突然、甚左衛門は志乃に斬り掛かった。

「危ない！」

格之進は咄嗟《とっさ》に志乃を横に突き飛ばし、同時に振り下ろしてきた甚左衛門の刃を撥ね、返す刀で甚左衛門の腕を狙《ねら》った。

ところがこの時、甚左衛門の体が均衡を崩して前のめりになったため、腕を狙った格之進の切っ先が、甚左衛門の喉元に突き刺さったのである。

「あなた」

志乃が転げるように駆け寄るが時すでに遅く、甚左衛門は断末魔の声を発すると、

「こ、これで不正を……やっと私も楽になれる」

懐から帳簿を抜き取ったところで息絶えた。

格之進は人殺しになってしまったのである。

人殺しではないと主張するためには、甚左衛門が差し出した不正の帳簿を執政《しっせい》に渡し、事の次第を報告しなければならぬ。

ところが二人が執政の屋敷に向かう前に、玄蕃が手を回して、不正を働いたのは格之進で、それを咎めようとした甚左衛門を斬ったのだと報告され、おまけにその背景には志乃との不義があったとの裁断が下されたのだった。

「逃げて、あなただけでも逃げて」

志乃は言ったが、格之進は志乃の手をひっぱって、藩を出奔《しゅっぽん》したのである。

格之進は話し終えると太いため息を漏《も》らし、

「信じてもらえるかどうか、それが真実です。とはいえ、私は甚左衛門殿を斬っておりま

す。妙殿が私を敵と思うのは当然です」

格之進の眼にはすべてを語りつくした者の安らぎが一瞬浮かんだ。だがすぐに膝を正して、

「ただ、いましばらくの猶予《ゆうよ》を頂きたい」

と言ったのである。

「お内儀の病のことですな」

尋ねる平七郎の心は重い。

「はい。志乃の命、まもなく消えましょう。その時には、必ず私から連絡します」

断固とした口調だった。

「承知した。存分に看病されよ。俺も何か妙案がないか考えてみる。妙殿は事実を知らぬゆえ、まずはおぬしの話を聞かせたいと考えている」

「いえ、志乃を見送れば、私はこの命、惜《お》しいとは思いませぬ」

「格之進殿……」

「では」

格之進は立ち上がった。

もはや、なにもかも決心しているように見えた。

だが平七郎は、格之進を呼び止めると、

「一つ聞きたいが、甚左衛門殿が持っていたという帳簿だが、まだ持っておられるのですかな」

「いえ、処分しました。もう、私たちには不要のものです」

格之進は一礼すると、志乃の待つ長屋に引き返して行ったのである。

「平さん……」

秀太が湿った声を出した。秀太は泣いていたのである。臆面もなく鼻をすすると、

「正義って、いったい何をいうのでしょうか」

「秀太」

「はい」

「捕物にはこういった話はつきものだ。真の罪人が罪から逃れ、そうでない者が罪を負わされる。同心の仕事はな、そこを見極めることが肝心だ。少なくとも俺はそう思ってやってきた」

「はい。でもそんな平さんがどうして橋廻りなんでしょうか」

「橋廻りでも定町廻りでも同じことだ。橋廻りにやれることもたくさんある」

平七郎は自身に言い聞かせていた。

見渡せばすでに陽は落ちて、静かに闇が忍び込んでいた。

四

格之進は、苦しげに顔を歪める志乃の手をとって呼びかけた。

「志乃……」

だが志乃は、何も答えずに荒い息を吐き続けていた。

格之進が握り締めているその手は熱く、ときおり格之進の手を求めて握り返してくるような気がするのだが、やはりそれは錯覚のようにも思われる。

志乃は今、格之進に応えるより先に、病魔と闘っているようだった。

それでも格之進は、志乃の手を握り締め続けている。

暗い闇を行灯《あんどん》の灯が照らしているが、その灯の光は、まるで格之進の心細さを表しているようだった。

どうしてやることも出来ぬ無力さが、格之進の心をきりきりと刻む。

替わってやれるものなら替わってやりたいと願いながら朝を迎えたが、やはり前日と少しも変わらず志乃は病床にあり、格之進はなす術《すべ》もなく志乃の手を握り締めているのであった。

——罰は俺に当たればいい。なのになぜ志乃に……。

そのことばかりが頭を過ぎる。

——せめて、もう少し幸せな日々を送らせてやっていれば……。

「志乃……許せ」

涙が溢れる。

その時だった。

志乃の手が、確かに格之進の手を握ったのである。

「志乃……」

顔を覗くと、志乃の眼が格之進を捉えていた。

その眼は涙に濡れたように光っていたが、死ぬことを恐れている眼の色ではなかった。

人の前では幸せを装っていて、しかも明るく元気に振る舞っていた志乃が、実はそっと陰で泣いていたのを格之進は知っている。

幸せであろう筈がなかった。

しかし志乃は、今のこの境遇を受け入れて、その中の、小さな小さな幸せに眼を細めて喜んでくれていた。

例えば志乃が、ふっと格之進を見詰めてきた時、格之進が笑みを返してやる。そんな些《さ》細《さい》なことにも、志乃は幸せそうな顔をした。

着物は着た切り雀《すずめ》、食事は一汁一菜だったが、志乃は不満を漏らしたことはない。

志乃の母は二人が出奔する以前に亡くなっていたが、格之進の母は国元でしばらくひっそりと暮らしていた。

それを知っていた志乃は五色団子が評判をとってからというもの、その母にいつかは某《なにがし》かの金を送ってやれるのではないかなどと格之進の心配を慰めてくれるのであった。

しかし、その格之進の母も亡くなったと風の便りに知ってからは、今度は義娘だった妙が嫁入る時に金を渡してやれたらなどと、とうてい叶わぬ思いを温める志乃だった。

団子商売の利益など僅《わず》かなものだったが、それでもけっしてその金を、自分のために使おうなどと考えもしなかったのだ。

少なくともあの事件で、窮地に立たされた人たちに、自分の出来る範囲で償《つぐな》いができればと、志乃の頭にあるのはいつもそのことだった。

格之進もまた自分を責めた。

自分が、甚左衛門の不正を糺そうなどという大それた事を考えなければ、志乃をこんな境遇に追いやることもなかったのだと考えると、格之進は志乃が笑みを返してくれるたびに胸のふさがる思いをしてきたのである。

「水を……」

志乃が喘《あえ》ぎながら言った。

「待て、今すぐに飲ませてやるぞ」

格之進は志乃を抱き起こして、茶碗を手にとるが、激情に襲われて、その水を口に含んで口移しに飲ませてやった。

志乃の目尻に、一筋の涙が落ちた。

「志乃……」

格之進の脳裏には、ふっとあの時の鮮烈な光景が蘇《よみがえ》っていた。

国から江戸への逃亡の道すがら、二人は見知らぬ山村の深い谷間にはぐれ込んでいた。

小さな滝が落ちていて、水を含んだ涼しい空気が辺りを包んでいた。

辺り一帯は藪椿《やぶつばき》が満開で、地面に惜《お》しげもなくまだ瑞々《みずみず》しい紅の花を落とし、一面に散り敷いていた。

滝の水を両手に掬《すく》ってきて志乃の口に含ませてやった時、

「格之進様……」

切なく見詰めてきた志乃を、格之進は狂おしく抱いたことがある。

山の気配と滝の音と、遠くに鳥の囀《さえず》りを聞く他は、誰もいない椿の木の下で、その時格之進は志乃の形のよい唇が喘《あえ》ぐのを見た。

ほんのひとときではあった。だが、悲しみをぶつけ合うように抱擁を交わしたことを、思い出したのである。

いや、その時の光景はあまりにも鮮烈で、その後の格之進を支えてきてくれたように思う。

格之進が志乃を寝かせると、志乃は、

「おいしい……」

笑みを返して来た。

「今、薬をやるぞ」

「もういいのです、これ以上無駄なお金は使わないで下さいませ」

「何を言うか。早く元気になってくれ」

急いで薬の袋を取り上げる。

――しまった。薬が切れている。

「志乃、すぐに戻る」

格之進は急いで長屋の外に出た。

格之進は横山同朋町《よこやまどうぼう》の町医者了斎《りようさい》の診療所を出ると、米沢町の和漢薬種問屋『松本屋』に立ち寄った。

了斎が、志乃の病はもはや手を尽くすといっても、効く薬はない。渡してやれるのは痛み止めぐらいのものだ、と言ったからである。

志乃の体を少しでも元気にしたいというのなら、渡来の人参があるとも教えてくれた。

人参はこの国でも、出雲《いずも》、信州《しんしゆう》、会津《あいづ》などでも栽培されてはいるが、効き目はやはり渡来の物がよいらしい。

但《ただ》し渡来の物は高価ゆえ、この診療所には今持ち合わせがないのだが、もし渡来の人参を買う金があるのなら、薬種問屋に一筆書いてつかわすゆえ、直接求められたらどうかと、了斎は言ってくれたのである。

了斎は近頃には珍しい仁徳を備えた医者だった。

自分の儲《もう》けなどいいから、金があれば渡来の人参を買って飲ませよというのである。

格之進の懐には、団子屋をして貯めていた金が、まだ三両余残っていた。

そこで松本屋に立ち寄って事情を話し、人参を分けてもらったのである。

渡来の人参は、二両で長さにして二寸ばかりのものが買えた。

「了斎先生のお気持ちを汲《く》んで、勉強させて頂きます」

松本屋の番頭は言った。

格之進はそれを握り締めると礼を述べ、懐に大事に忍ばせて松本屋を辞した。

その時、入れ違いに入ってきた娘が、驚愕して自分を見詰めていたのに格之進は気づいていない。

娘は妙だった。

半月程前に、妙は行き倒れになった時、この店に運ばれて薬の施しを受けている。

道場の用足しの帰りに、お礼かたがた店に寄り、道場主の左馬助から頼まれていた膏薬《こうやく》を買い求めようと立ち寄ったのであった。

偶然とはいえ、探し求めていた敵が店の中から出てこようなどと、誰が想像できただろうか。

妙は、いったん店に入れた足を返して、格之進の後を追った。

そうとも知らない格之進は、まっすぐ帰ろうとして、ふと思いついて、隣の小間物屋に入った。

「主……紅をくれ。一番上等な紅だ」

「ではこれはいかがでしょうか。笹紅に対抗してつい先頃売り出されたばかりの紅で

『京牡丹《きようぼたん》』です。下りもので少々お高いですが、上品なお色です」

主は、有田焼きの小さな盃に入った紅入れの蓋《ふた》を取った。

紅色に少し紫色の混じったおとなしい色の紅だった。

「いくらだ」

「一分でございます」

「よし、それを頂く」

「ありがとうございます」

主は、この商品には紅筆がついておりますのでなどと言いながら、牡丹の花をあしらった専用の小袋に紅を入れた。

格之進は、それを懐に忍ばせると、薬研堀の裏長屋に向かった。

その後を妙が険しい顔をして尾行していく。

格之進が、茶問屋井筒屋の裏長屋に入って行くと、尾《つ》けてきた妙が、格之進が消えた裏木戸に現れた。

だが次の瞬間、その肩をつかまえた者がいる。

「待ちなさい」

秀太だった。

五

久松町の左馬助の道場は、重苦しい雰囲気に包まれていた。

門弟たちが帰った後の道場に、稽古着姿の左馬助と秀太が、妙を前にして困り果てていた。

しかし妙は、端然と座して、唇を嚙《か》んで前を見据えている。

梃《てこ》でも動かぬ顔をしていた。

ふうっと、秀太が太い溜め息をついた時、

「左馬助」

力強く床板を踏む音がして、平七郎が現れた。

「平さん……」

秀太が苦い顔をして見迎える。

「どうしたのだ」

「妙さんが格之進殿に会ったんですよ。米沢町の松本屋で……格之進殿は薬を買いに来ていたらしいのですが」

「そうか……」

平七郎は、妙の前にどかりと座った。

秀太が続けた。

「妙さんは格之進殿の長屋まで尾行したのです。そこで私とばったり会ったんですが、私の言うことも聞かずに、すぐに奉行所に仇討ち願いを出したのです。奉行所は一応受け付けましたからね、これで妙さんは、どこでも、いつでも、格之進殿を討ってもよいということになりました」

俗にいう仇討ち免状は、藩邸から幕府へ届ける場合もあるが、本人が幕府に届け出てもよいことになっている。

一応届けておけば、仇討ちを果たした時、それが正当なものだったとされれば、人殺しにはならなくて済むという訳だ。

「妙殿」

平七郎は、妙に格之進の今置かれている状況と、なぜ妙の父を斬ってしまったのかという訳を、時間をかけてじっくりと話した。

話し終えた時、庭にある木の影が、平七郎たちの膝元まで伸びてきて、涼しい風を運んでいた。

「どうだ。それが真実だ」

平七郎は、大きく息をついて妙を見た。

「信じられません」

妙は切り捨てるように言った。今さら聞く耳など持てるかという頑《かたく》なな態度だった。

「気持ちは分かるが、妙殿も少し冷静になった方がよい。若いあんたには分からぬかも知れぬが、武士として譲れない使命のあげくのことだったのだ」

「立花様。立花様は同心なのに、悪人を庇《かば》うのですか」

「格之進は悪人か」

「そうです。それに志乃さんは、いえ、あの女は不義を働いた姦婦《かんぷ》です」

「今話したろう。そんな風に志乃殿を言ってもいいのかな。仮にも母親だった人ではないか」

「継母です」

「ふむ。継母は母ではないのか」

「父を奪った女狐です」

「妙殿」

平七郎の声がつい厳しくなる。

「あんたはどうやら、人の気持ちを思いやる事のできぬ娘らしいな。いいかな。格之進殿は、今しばらく待ってほしいと言っているだけだ。命旦夕《たんせき》に迫る志乃殿にそんな言葉を投げるようでは、人として屑《くず》だ」

「どうとでもおっしゃって下さいませ。私には私の考えがございます」

妙は激しく反駁《はんばく》した。

激昂して涙声になっている。

「それにもう一つ厳しいことを言うが、立ち会っても、そなたは勝てぬ」

平七郎は、左馬助に視線を投げた。

左馬助も大きく頷くと、

「確かに、この半月ばかりの妙殿の熱心さには恐れ入ったが、さりとて、少なくとも武術の鍛練を積んだ武士を相手に、勝てるとは思えぬよ」

「そういう事だ。馬鹿な真似はよせ。それに、敵うんぬんの前にもう一度、自身で、真実はどうであったのか調べてみる気持ちにはならぬのか」

「……」

「俺の話を聞いて、疑問が湧かぬのか」

「立花様」

妙は非難の眼を平七郎に向けた。

「立花様は、結局、非は父上にあったと、そうおっしゃるのでございますね」

「そんなことは言ってはおらぬ。そなたの父上も被害者の一人ではなかったのかと言っている。本当の悪は何か、誰なのか、それを見極めてからでも遅くはないだろうと言っている」

「……」

「向こうは、格之進殿は、逃げるようなことはせぬと俺と約束した」

「そんな口約束を、立花様は信じられるのでしょうか」

「俺は信じる。妙殿。この世に生きて、人を信じられなくなったらお終いだ。そうは思わぬか」

「思いません」

「寂しいことを言う人だ」

「人を信じられる人は、幸せに生きてきた人です。私は父が亡くなってから人を信じることなどとても出来ぬ日々を送って参りました」

「……」

「父の縁に繋がる家で、私はいつも厄介者でした。私は、私が信じられるのは自分だけ、そう思って生きてきました。早くこの家を出て、父の敵を討ちたいと、そればかり考えていたのです」

「妙さん、あんたが仮に敵を討てたとしても、島岡の家の再興は叶《かな》うまい。あたら若い命を落とすことはない。お父上もそんなことを望んではおらぬ」

左馬助も見兼ねて言葉を挟む。

おやっと平七郎は左馬助を見た。妙のことなど他人《ひと》ごとだと言い、関わることを極端に避けてきた左馬助が、左馬助なりに懸命に妙を説き伏せようとしているのである。

だが妙は、そんな左馬助にはお構いなく立ち上がると、

「私の気持ち、皆様に分かる訳がありません」

激情に任せて言い放ち、稽古場を走り出ると母屋の台所へ消えた。

「可哀そうな娘だ……」

左馬助がぽつりと言った。

町飛脚が鈴を鳴らして妙からの呼び出し状を運んできたのは、翌日の昼過ぎだった。

格之進は人参を削って水を張った土瓶に投げ込み、七輪に火を熾《おこ》そうとしていた。

江戸の町飛脚は、毎日朝の四ツ時に取次店から書状を回収したものを、だいたいその日

のうちに配達先に配るように努めている。

だがこの江戸で、格之進に書状を届けてくる相手など一人もいない筈、もしや……という不安に襲われながら、格之進は七輪に火を熾し、土瓶を掛けたところで、書状をとって裏に返した。

妙とあった。

——妙殿が……呼び出し状に違いあるまい。

格之進は、書状を手に持ったまま首をひねって、せわしなく苦しげな息を吐く志乃を見た。

——書状を開けて文面を読んでしまえば、志乃の最期をみとってやることはできぬ。

格之進は、書状を開かずに板間の隅に置いた。

人参が十分煮たったのを確かめて火を止めると、急いで盥《たらい》に張った水で土瓶を冷ます。

頃合いの温かさになったのを見て、湯呑み茶碗に人参の汁を流し込んだ。

「志乃……」

枕元に座った途端、息を呑んだ。

志乃の息はあるかなしかに絶え絶えで、顔色も一層蒼くなっていた。

「志乃」

茶碗を放り投げるように置いて、志乃の胸に耳を当てた。

かすかに鼓動が聞こえてくるが、いかにも弱々しく、手を握ると昨日まで熱かった掌《てのひら》がひんやりと冷たい。

「志乃、お前を死なせはせぬ」

格之進は、布団《ふとん》をめくり上げると、

「志乃……志乃……死ぬな、志乃」

ありったけの力で、格之進は志乃の体をさすり、腕をさすり、足をさすった。

愛しく抱いた志乃の体は、今この世ならぬ別の世界に引き込まれようとしている。その体を、もう一度元の体に蘇らせてほしい。

格之進は髪を振り乱して、志乃をさすった。

ふっと、さすりながら志乃の顔を見た格之進は、一瞬手を止めた。

志乃の目尻から一筋の涙が流れ落ちていた。

「志乃……」

格之進は、慌てて薬の袋の横に置いてあった小間物屋で買い求めた京牡丹の紅を取り出した。

「志乃、お前は江戸に出てきてから紅ひとつ買わなかった。だがな、今日は俺がもとめてきた。美しい紅だ。今つけてやるぞ」

格之進はぎこちない指で、志乃の唇に紅を置いた。

志乃の形の良い唇に、紅はぽってりと馴染んだようで、唇だけがまるで元気な時の志乃を思わせる。

——あの時も……。

それは国を出て江戸への道すがらのこと、初めて二人が交わったあの谷間で、藪椿の花弁と見まがうほど志乃の唇は艶やかに光っていた。

「美しいぞ、志乃」

格之進が語りかけるように呟《つぶや》くと、志乃の眼に幾筋もの涙が流れ落ちた。

志乃は格之進の掌の中で、一瞬力をこめて握り返してきたが、志乃の命はそれで尽きた。

呆然として座り続ける部屋の中に、陽の光が斜めに差し込み始めた頃、

「御免……」

家の外で声がした。

声は、平七郎だった。

格之進はのろのろと立ち、土間に下りると戸を開けた。

「これは……」

平七郎は、言葉もなく立ち尽くした。

六

朝七ツ半、ようやく白々と夜が明けはじめた両国橋の西袂に、平七郎は立ち止まった。

まだ人々は、起き始めた頃である。

橋の上は白い霧に覆われて、先程旅人が、さながら雲の中に吸い込まれるように渡って行った他は、人の影もなく、まるで幻の中の橋のように思われた。

この両国橋は、長さ九十六間、幅四間の大橋である。

明暦《めいれき》三（一六五七）年に起きた大火災で、人々は逃げ場を失って十万人ともいわれる犠牲者を出した。その時多くの人が隅田川に飛び込んで溺《おぼ》れて死んだことにより、橋は防災対策の一環として架けられたものである。

創設は万治《まんじ》二（一六五九）年、隅田川にはそれ以前に千住大橋が架けられていたから、隅田川に架けられた橋としては二番目の橋だった。

以後、およそ二十年に一度の割合で、架け替えや大修理が行われている。

宝暦《ほうれき》九（一七五九）年に改修した時には、代替えの渡し船による往来の人数が数えられているが、それによると、明六ツから暮六ツの半日の間に、人は二万二五八人、駕籠《かご》は一三八挺《ちょう》、馬二七八疋《ぴき》というから凄い。

渡し船でそうなのだから、橋だともっと往来がある訳だし、それから七、八十年たっている今なら、どれ程の人や物が往来しているのか、想像もできないだろうと平七郎は考える。

しかしさすがにこの時刻には、橋の上は静まりかえっていて、平七郎はその白い霧の漂う橋の上に、ゆっくりと踏み出した。

橋の対岸にある回向院《えこう》を目指してのことである。

すでに平七郎より先に渡ったかもしれない格之進の心中、妙の心中、それぞれの胸中を思うと、歩む足もひときわ重い。

去来するのは昨日夕刻のことである。

平七郎が格之進の裏店を訪ねた時、格之進は腑抜《ふぬ》けたように立ち尽くしたまま、

「見てやって下さい、志乃を……」

後ろを振り返って言ったのである。

志乃が亡くなったのだという事は、戸を開けた瞬間、部屋に漂っていた線香の匂いで知

れた。

平七郎は、上に上がって志乃の亡骸《なきがら》に手を合わせた。

その時平七郎の目に飛び込んで来たのは、志乃の鮮やかな唇だった。

格之進がつけてやったに違いないと、そう思って志乃の妖《あや》しいまでに美しい死に顔を見る平七郎の胸にも狂おしいものが突き上げる。

「立花殿。志乃のこと、聞いてやってくれますか。この人の心映えを、せめてあなたに伝えたい、志乃のためにも……」

格之進はそう言うと、国を出奔してから江戸への道中、そしてこの江戸で、慎ましやかに、国に残してきた人々に詫びながら暮らしてきた三年間を、とつとつと語るのであった。

そうしてその後で、格之進は妙からの飛脚便を開いて見せた。

――明朝六ツ、回向院本堂裏林で待つ。妙――

文は呼び出し状だった。

案じていた通り、やはり妙は待ち切れなかったようである。

「立花殿。ついては貴公に立ち合い役を頼みたい」

「……」

「今夜のうちに志乃を送り、必ず参る所存でござる」

格之進はきっぱりと言ったのである。

回向院は寺の敷地が五千坪もある。妙が記してある本堂の裏手には高野山大徳院がある。だがそこに至る小道は鬱蒼《うっそう》と木々が茂り、大徳院に寄宿して回向院参拝客を相手にする私娼が出没するといった、いかがわしい場所でもあった。

こちらの娼妓は銀猫金猫などと呼ばれていて、その女たちを無縁仏として葬《ほうむ》る塚『猫塚』も回向院にはあるらしいが、平七郎はその場所を確かめたことはない。

通常の参詣客の目には触れにくい場所だが、明六ツとなればなおさら、人の影ひとつもありはしない。

そんな場所で、死闘を繰り広げようとしている若い娘の心情も哀しいが、愛する者を亡くしたばかりの格之進が、この深い霧の橋を渡っていった姿を想像すると、哀切きわまりないのであった。

ただでさえ隅田川の西側は、栄耀栄華の夢が往き交う賑《にぎ》やかな街である。

ところが橋の向こう、東側にある回向院は、焼死者、溺死者、身よりのない者から牢死刑死者など、悲惨で哀しい最期を迎えた者たちが葬られている無縁寺、一帯も隅田川西側に比べると愁色に包まれた所といえる。

重い足取りで平七郎は両国橋の東詰めに下りた。

振り返って橋を見た。

橋は霧の中に佇《たたず》んでいた。

足を急がせて回向院に入り、本堂の裏手に回ると、杉が林立する辺りに、大徳院に向かう小道が見えた。

小道といっても、枯れ葉が散り敷いた自然にできた道である。

その道に入ってすぐに、明け始めた柔らかい陽が差し込むあたりに、対峙している二人が見えた。

妙は白い鉢巻きをして、袖は襷《たすき》で押さえていた。

格之進は町人の姿のまま、着流しで立ち、刀は小刀一つを腰に差していた。

平七郎が近づくと、二人は待っていたようにこちらを向いて、軽く頭を下げた。

次の瞬間、二人は両端に飛んだ。

妙が先に小太刀を抜いた。

格之進は、突っ立ったまま、両手を下げて立っている。

「抜きなさい」

妙が金切り声を上げた。

「遠慮はするな。これが俺の流儀だ」

格之進が答えると、妙が奇声を上げて、格之進目掛けて突っ込んだ。

――妙がやられる。

一瞬、ここにいる自分はどうすべきかと戸惑う平七郎の眼に飛び込んできたのは、格之進にさらりと躱《かわ》されて前につんのめった妙の姿だった。

――そうか、格之進は返り討ちにする気はない。

ほっとする一方で、格之進は妙に討たれてやるつもりだと平七郎が思った途端、妙が態勢を整えて、また格之進に斬りかかった。

格之進は、動かなかった。

胸を差し出すようにして立った。

――いかん。

平七郎は、二人の間に飛び込むと、妙の小太刀が格之進の胸を刺す寸前に、その手首を打った。

小太刀は、妙の手を離れて落ちた。

「何をするのです」

険しい眼で妙が叫ぶ。

「分からぬのか。格之進殿はそなたに討たれるつもりだ……もう気が済んだのではないのか、妙殿」

「この人を庇うのですね」

「そうではない。後々後悔するのは妙殿だと思って言っている。血を流さずとも、もう仇を討ったも同然だ」

「立花様……」

険しい妙の顔が戸惑いを見せた時、

「うっ」

格之進のうめきが聞こえた。

格之進は、己の小刀で自身の腹を突き刺していた。

「格之進殿」

平七郎は側に駆け寄るが、格之進は首を横に振ってみせ、

「事の真相はどうあれ、敵は敵だ。妙殿、私を斬れ。止《とど》めを刺してくれ」

喘ぎながら妙に言った。

その形相《ぎょうそう》の凄まじさに、妙は後退《あとず》さる。

「格之進殿……」

ゆらりと揺れた格之進を抱き留めた平七郎に、格之進は絶え絶えに言った。

「これでいい……志乃が……待っている」

格之進はそれで果てた。

平七郎は、格之進を静かに横たえると、

「妙殿の仇討ち、見届けたり」

立会い人として作法通りに叫んだが、その声は震えていた。

「ああ……」

妙はそこに泣き崩れた。


平七郎が、北町奉行榊原主計頭忠之《さかきばらかずえのかみただゆき》の呼び出しを受け、浅草にある禅宗の寺『月心寺』を訪れたのは、北町奉行所が非番となった数日後のことだった。

寺の住職と思《おぼ》しき僧に、離れの茶室に案内されてから待つこと半刻、平七郎は渡って来た廊下の前庭が、一面苔《こけ》に覆われて、木洩れ日の中で瑞々しい青の色をみせていたのを思い出していた。

庭には頃合良く紅葉の木やその他の雑木が配置されていて、その木々の茂りが、陽光から苔を守り、あるいは木々の間から差し込む筋条の光が、苔の生育を助けているようだった。

それらの空間は、同心の平七郎には無縁の景色、だがそれだけにその静謐《せいひつ》さには心惹かれるものがあった。

榊原奉行が現れたのはまもなくだった。

着流しの軽い装いだった。

「定橋掛、立花平七郎でございます」

平伏する平七郎は、内心、なぜ自分がここに呼ばれたのか分かっていない。

一つ気になるのは、格之進が仇討ちされた一件で、陸奥上松藩の上屋敷に出向き、江戸家老の土肥《どい》守昌《もりまさ》に会ったことである。

妙が格之進を討ったという報告を藩邸にした後で、平七郎は、かつて妙の父甚左衛門が勘定奉行に脅されて運上金を横流ししていた証拠の品、裏帳簿を持って土肥家老に面会を求めている。

裏帳簿は、主のいなくなった格之進の裏店の、古い紙箱の中にあったのである。

格之進は、証拠の品は処分したと言っていたが、そうではなかった。大切にしまわれていたのである。

格之進が否定したのは、それを提示して妙の追っ手から逃れるようなことはしたくないという気持ちがあったものと思われる。

しかし、その裏帳簿を手にした時、これをそのまま放っておいてよいものかと平七郎は考えた。

本来ならば、悪を糺そうとした格之進が、敵として追われるなどあってはならないことである。

妙の敵は、本当は国元の勘定奉行であったのだ。

ただ、格之進は甚左衛門を死に至らしめた、そのことのみで、敵の役を甘んじて受けたのである。

——憎むべきは勘定奉行。

平七郎は、すぐさま上松藩に赴いたのだ。

すると、平七郎と面談した家老の土肥は、

「よくぞ届けて下さった。いや、実は、当初からいろいろと囁かれていたのだが証拠がなかった。島岡甚左衛門も哀れであったが、橋本格之進は気の毒という他はない。だがこれで裁ける。礼を申す」

土肥はそう言った後、妙の処遇も、国元の格之進の縁者の処遇も任せてくれ、何とかしてやりたいと思っている。けっして悪いようにはしないと約束してくれたのであった。

ただ、妙はその後、国元には帰らず左馬助の道場で暮らすことになった。

冷静になって改めて格之進と志乃のことを聞いた時、妙は泣いた。

甚左衛門が付けていた裏帳簿が出てきたこともあるだろうが、それ以上に、父が斬られたとはいえ、罪もない二人を追いつめた事を悔いたようだ。

特に志乃が苦しい生活の中から、妙の嫁入りのための金をつくろうとしていた事を知った時に、妙は声をあげて泣き崩れた。

そんな妙に左馬助が助け舟を出したのである。

「国に帰るのは辛かろう。道場にいてくれればいい。婆さんだけでは心許無い」

左馬助流の思いやりだった。


事は案じていたこともなく決着する気配なのだが、それはそれ、町奉行所の同心としては、職務以外の出過ぎた行いであった事は間違いない。

奉行からの呼び出しを、内与力の内藤孫十郎《ないとうまごじゅうろう》から聞いた時には、一瞬、きっと叱《しか》りを受けるのだと思った程だ。

だが、呼び出された場所が茶室だとなると、平七郎も戸惑うばかりである。

「楽に致せ。顔を上げよ」

榊原奉行の明るい声がした。

おそるおそる顔を上げると、榊原奉行はふっと笑みを湛えて言った。

「陸奥国上松藩上屋敷に乗り込んでいったそうじゃな」

「はっ、出過ぎた真似を致しました」

「よいよい。土肥殿は、奉行殿は羨ましいと言っておったぞ」

「恐れ入ります」

「土肥殿に言われるまでもなく、わしはずっとそなたの働きを見て参った。なぜ黒鷹と呼ばれたほどのそなたが橋廻りに回されたのかも知っておる」

榊原はふっと笑って、

「一色の顔が七色に変わるのも、なかなか見物じゃな」

と言ったのである。

――お奉行はなにもかも、ご存じか……。

平七郎は身震いした。

定橋掛の職務にはない動きを平七郎はずっとしてきた。

奉行はそれもおそらく知っているに違いないと思ったからだ。

「そこでじゃ、平七郎、そなたにはわしの特命をもって働いてもらいたい」

「特命と申されますと……」

「うむ。実はな」

榊原奉行が、膝を寄せるようにして告げたのは、平七郎に『歩く目安箱』になってほしいというものだった。

「歩く目安箱……」

「そうだ。市井《しせい》の、わしの耳には入ってこない様々な出来事を知らせてほしいのだ」

「私にでございますか」

「そなたを置いて他にはおるまい。わしの手助けをしてくれ、平七郎」

「はっ」

「よし、決まった」

榊原は膝を打つと立ち上がり、庭に面した茶室の丸窓を開けた。

さわやかな風と一緒に、茶室の前に散り敷いた白い椿が目に飛び込んで来た。

椿は青々とした苔の上に、美しい形のまま落ちていた。

「椿だ。夏椿ともいうし、娑羅双樹《さらそうじゅ》の花ともいわれている」

「娑羅双樹……」

平七郎の脳裏に、はかなく散っていった志乃の顔が過った。

「人の世の無常を見るようじゃな」

「はい……」

「励めよ平七郎……弱い者たちのために励んでくれ」

榊原奉行は、自身に言い聞かせるように呟《つぶや》いた。

平七郎は、深々と頭を下げた。

一〇〇字書評

切り取り線

恋椿

購買動機（新聞、雑誌名を記入するか、あるいは○をつけてください）

□（　　　　　　　　　　　　）の広告を見て
□（　　　　　　　　　　　　）の書評を見て
□ 知人のすすめで　　　　　□ タイトルに惹かれて
□ カバーがよかったから　　□ 内容が面白そうだから
□ 好きな作家だから　　　　□ 好きな分野の本だから

●最近、最も感銘を受けた作品名をお書きください

●あなたのお好きな作家名をお書きください

●その他、ご要望がありましたらお書きください

住所	〒				
氏名		職業		年齢	
Eメール	※携帯には配信できません			新刊情報等のメール配信を希望する・しない	

あなたにお願い

この本の感想を、編集部までお寄せいただけたらありがたく存じます。今後の企画の参考にさせていただきます。Eメールでも結構です。

いただいた「一〇〇字書評」は、新聞・雑誌等に紹介させていただくことがあります。その場合はお礼として特製図書カードを差し上げます。

前ページの原稿用紙に書評をお書きの上、切り取り、左記までお送り下さい。宛先の住所は不要です。

なお、ご記入いただいたお名前、ご住所等は、書評紹介の事前了解、謝礼のお届けのためだけに利用し、そのほかの目的のために利用することはありません。またそのデータを六カ月を超えて保管することもありませんので、ご安心ください。

〒一〇一-八七〇一
祥伝社文庫編集長　加藤　淳
☎〇三（三二六五）二〇八〇
bunko@shodensha.co.jp

祥伝社文庫

上質のエンターテインメントを！　珠玉のエスプリを！

祥伝社文庫は創刊15周年を迎える2000年を機に、ここに新たな宣言をいたします。いつの世にも変わらない価値観、つまり「豊かな心」「深い知恵」「大きな楽しみ」に満ちた作品を厳選し、次代を拓く書下ろし作品を大胆に起用し、読者の皆様の心に響く文庫を目指します。どうぞご意見、ご希望を編集部までお寄せくださるよう、お願いいたします。

2000年1月1日　　　祥伝社文庫編集部

恋椿《こいつばき》——橋廻《はしまわ》り同心《どうしん》・平七郎控《へいしちろうひかえ》　時代小説

平成16年6月20日　初版第1刷発行
平成19年1月20日　第11刷発行

著者　藤《ふじ》原《わら》緋《ひ》沙《さ》子《こ》
発行者　深澤健一
発行所　祥《しよう》伝《でん》社《しや》
東京都千代田区神田神保町3-6-5
九段尚学ビル　〒101-8701
☎03(3265)2081(販売部)
☎03(3265)2080(編集部)
☎03(3265)3622(業務部)
印刷所　錦明印刷
製本所　関川製本

造本には十分注意しておりますが、万一、落丁、乱丁などの不良品がありましたら、「業務部」あてにお送り下さい。送料小社負担にてお取り替えいたします。

ISBN4-396-33170-3 C0193

祥伝社のホームページ・http://www.shodensha.co.jp/